Gut wattiert und ausstaffiert mit Pudelmütze, Handschuhen und Schal, lässt sich auch bei Eis und Kälte jeder Winterweg unter die Füße nehmen.

Robert Walser überlegt, ob man sich im Schnee schmutzig machen kann ➶ Hermann Hesse lauscht auf einen Gesang im Schneegestöber ➶ C. F. Ramuz lässt einen jungen Mann mit zwölf Zuckerbrötchen die Nacht im Nebel ausharren ➶ Franz Hohler trifft auf dem Gemmipass auf alte Bekannte ➶ Ernest Hemingway erlebte die glücklichsten Winter in Schruns ➶ Annemarie Schwarzenbach geht mit Matthisel auf Schmugglerpfaden ➶ Thomas Mann stellt Hans Castorp statt der Liegekur auf die Bretter ➶ Arthur Conan Doyle findet Skier von außen betrachtet nicht bösartig ➶ Max Frisch lässt freudig Schneekissen zerplumpsen ➶ Peter Weber wird von alten Männern überholt und braucht Erschöpfungstee ➶ Erich Kästner verbietet es, die Schönheit der Berge zu duzen ➶ Das und vieles mehr zum Winterwandern …

# Winterwandern

*Geschichten von Schnee und Eis*

Herausgegeben von
Emil Zopfi

Unionsverlag

*Im Internet*
Aktuelle Informationen,
Dokumente, Materialien
*www.unionsverlag.com*


Rieterstrasse 18, CH-8027 Zürich
Telefon 0041-44-283 20 00, Fax 0041-44-283 20 01
mail@unionsverlag.ch

Umschlaggestaltung: Martina Heuer, Zürich
Umschlagbild: Hannes Stricker, Aquarell, www.verlagambach.ch
Vignetten im Buch: Sabri Deniz Kizil
Druck und Bindung: CPI – Clausen & Bosse, Leck
ISBN 978-3-293-00436-8

# *Inhalt*

Robert Walser

# *Schneien*

Es schneit, schneit, was vom Himmel herunter mag, und es mag Erkleckliches herunter. Das hört nicht auf, hat nicht Anfang und nicht Ende. Einen Himmel gibt es nicht mehr, alles ist ein graues weißes Schneien. Eine Luft gibt es auch nicht mehr, sie ist voll Schnee. Eine Erde gibt es auch nicht mehr, sie ist mit Schnee und wieder mit Schnee zugedeckt. Dächer, Straßen, Bäume sind eingeschneit. Auf alles schneit es herab, und das ist begreiflich, denn wenn es schneit, schneit es begreiflicherweise auf alles herab, ohne Ausnahme. Alles muss den Schnee tragen, feste Gegenstände wie Gegenstände, die sich bewegen, wie z. B. Wagen, Mobilien wie Immobilien, Liegenschaften wie Transportables, Blöcke, Pflöcke und Pfähle wie gehende Menschen. Kein Fleckchen existiert, das vom Schnee unberührt bleibt, außer was in Häusern, in Tunneln oder in Höhlen liegt. Ganze Wälder, Felder, Berge, Städte, Dörfer, Ländereien werden eingeschneit. Auf ganze Staatswesen, Staatshaushaltungen schneit es herab. Nur Seen und Flüsse sind uneinschneibar. Seen sind unmöglich einzuschneien, weil das Wasser allen Schnee einfach ein- und aufschluckt, aber dafür sind Gerümpel, Abfällsel, Hudeln, Lumpen, Steine und Geröll sehr veranlagt, eingeschneit zu werden. Hunde, Katzen, Tauben, Spatzen, Kühe und Pferde sind mit Schnee bedeckt, ebenso Hüte, Mäntel, Röcke, Hosen, Schuhe und Nasen. Auf das Haar von hübschen Frauen schneit es ungeniert herab, ebenso auf Gesichter, Hände und auf die Augenwimpern von zur Schule gehenden zarten kleinen Kindern. Alles, was steht, geht, kriecht, läuft und springt, wird sauber eingeschneit. Hecken werden mit weißen Böllerchen geschmückt, farbige Plakate werden weiß zugedeckt, was da und dort vielleicht gar nicht schade ist, Reklamen werden unschädlich und unsichtbar gemacht, worüber sich die Urheber vergeblich beklagen. Weiße Wege gibt's, weiße Mauern, weiße Äste, weiße Stangen, weiße Gartengitter, weiße Äcker, weiße Hügel und weiß Gott was sonst noch alles. Fleißig und emsig fährt es fort mit Schneien, will, scheint es, gar nicht wieder aufhören. Alle Farben, Rot, Grün, Braun und Blau, sind vom Weiß eingedeckt. Wohin man schaut, ist alles schneeweiß; wohin du blickst, ist alles schneeweiß. Und still ist es, warm ist es, weich ist es, sauber ist es. Sich im Schnee schmutzig zu machen, dürfte sicher ziemlich schwer, wenn nicht überhaupt unmöglich sein. Alle Tannenäste sind voll Schnee, beugen sich unter der dicken weißen Last tief zur Erde herab, versperren den Weg. Den Weg? Als wenn es noch einen Weg gäbe! Man geht so, und indem man geht, hofft man, dass man auf dem rechten Weg sei. Und still ist es. Das Schneien hat alles Geräusch, allen Lärm, alle Töne und Schälle eingeschneit. Man hört nur die Stille, die Lautlosigkeit, und die tönt wahrhaftig nicht laut. Und warm ist es in all dem dichten weichen Schnee, so warm wie in einem heimeligen Wohnzimmer, wo friedfertige Menschen zu irgendeinem feinen lieben Vergnügen versammelt sind. Und rund ist es, alles ist rundherum wie abgerundet, abgeglättet. Schärfen, Ecken und Spitzen sind zugeschneit. Was kantig und spitzig war, besitzt eine weiße Kappe und ist somit abgerundet. Alles Harte, Grobe, Holperige ist mit Gefälligkeit, freundlicher Verbindlichkeit, mit Schnee, zugedeckt. Wo du gehst, trittst du nur auf Weiches, Weißes, und was du anrührst, ist sanft, nass und weich. Verschleiert, ausgeglichen, abgeschwächt ist alles. Wo ein Vielerlei und Mancherlei war, ist nur noch eines, nämlich Schnee; und wo Gegensätze waren, ist ein Einziges und Einiges, nämlich Schnee. Wie süß, wie friedlich sind alle mannigfaltigen Erscheinungen, Gestalten miteinander zu einem einzigen Gesicht, zu einem einzigen sinnenden Ganzen verbunden. Ein einziges Gebilde herrscht. Was stark hervortrat, ist gedämpft, und was sich aus der Gemeinsamkeit emporhob, dient im schönsten Sinne dem schönen, guten, erhabenen Gesamten. Aber ich habe noch nicht alles gesagt. Warte noch ein wenig. Gleich, gleich bin ich fertig. Es fällt mir nämlich ein, dass ein Held, der sich tapfer gegen eine Übermacht wehrte, nichts von Gefangengabe wissen wollte, seine Pflicht als Krieger bis zuallerletzt erfüllte, im Schnee könnte gefallen sein. Von fleißigem Schneien wurde das Gesicht, die Hand, der arme Leib mit der blutigen Wunde, die edle Standhaftigkeit, der männliche Entschluss, die brave tapfere Seele zugedeckt. Irgendwer kann über das Grab hinwegtreten, ohne dass er etwas merkt, aber ihm, der unterm Schnee liegt, ist es wohl, er hat Ruhe, er hat Frieden, und er ist daheim. – Seine Frau steht zu Hause am Fenster und sieht das Schneien und denkt dabei: »Wo mag er sein, und wie mag es ihm gehen? Sicher geht es ihm gut.« Plötzlich sieht sie ihn, sie hat eine Erscheinung. Sie geht vom Fenster weg, sitzt nieder und weint.

## Hermann Hesse
# *Winterglanz*

Nun war vier Nächte und drei Tage fast ununterbrochen Schnee gefallen, ein guter, kleinflockiger, haltbarer Schnee, und in der letzten Nacht war er glashart gefroren. Wer nicht täglich vor seiner Tür gefegt und geschaufelt hatte, war jetzt belagert und musste zur Hacke greifen, um Hauseingang, Kellertor und Kellerluken freizulegen. So war es vielen im Dorf ergangen, und sie werkelten murrend vor ihren Häusern, in Schaftstiefeln und Fausthandschuhen und mit Wolltüchern um Hals und Ohren gewickelt. Die Ruhigen freuten sich, dass der große Schnee vor dem Frost gekommen war und ihnen die bedrohten Wintersaatfelder schützte. Aber hier wie anderwärts sind die Ruhigen sehr in der Minderzahl, und die meisten schimpften weinerlich über den allzu harten Winter, rechneten einander ihren Schaden vor und erzählten Schauergeschichten von ähnlichen strengen Jahrgängen. Aber im ganzen Dorfe waren kaum zwei oder drei Leute, zu denen dieser wunderbare Tag nicht von Sorgen und Ärger, sondern viel mehr von Freuden, Glanz und Gottes Herrlichkeit sprach. Wer irgend konnte, der blieb in Haus und Stall, und wer etwa hinausmusste, der wickelte Frostlappen um Kopf und Seele und ließ seine Sehnsucht keine anderen Wege gehen als zurück zur verlassenen Ofenbank, wo zwischen den grünen Kacheln die gegossene eiserne Wärmeplatte glühte. Und doch war es ein Tag, den die Stadtleute keinem Maler glauben würden, viel jubelnder, blauer und blendender als der lachendste Hochsommertag. Der Himmel stand rein und blau bis in unendliche Fernen offen, die Wälder schliefen unter dickem Schnee, die Berge blendeten wie Blitze oder leuchteten rötlich oder hatten lange, märchenblaue Schatten an, und zwischen allem lag glasgrün der noch nicht gefrorene See, spiegelhell in der Nähe, und in der Ferne dunkelblau und schwarz, von glänzenden schneeweißen Landzungen rings umfasst, auf welchen nichts Dunkles war als die dünnen und frierenden Reihen kahler, nackter Pappelstämme. Und durch die Luft und durch den unendlichen Himmel schwärmte prahlend und schwelgerisch das ungeheure Licht, von jedem Hügel und jeder Matte und jedem Stein im Schneeglanz zurückgeworfen und verdoppelt. Es flimmerte in ungebrochenen Wogen über weiße Flächen hin, glühte am Wald und an fernen Bergen in goldenen Rändern auf, zuckte in haarfeinen Blitzen diamanten- und regenbogenfarbig durch die Lüfte, ruhte satt und süß auf gelbem Schilf und in den grünen, jenseitigen Seebuchten aus und machte sogar alle Schatten mild, bläulich weich und wesenlos, als müsste heute an diesem Tage des Glanzes jeder letzte widerstrebende Flecken mit Helligkeit durchdrungen und gesättigt werden. An solchen Tagen ist es unmöglich, an ein Nachtwerden zu glauben, und wenn am Ende doch die Dämmerung sinkt, ist es wunderbar zu sehen, wie all der gleißend kühne Glast sich langsam hingibt, müde wird und eine Hülle sucht, obwohl nach diesen Tagen auch die Nächte, selbst wenn kein Mond scheint, niemals völlig dunkel werden. Und auch darum sind solche Schneetage so lang, weil der reine Winterhimmel und die Unbändigkeit des Lichtes uns klein und froh zu Kindern macht, sodass wir noch einmal die Erde im Glanz der Schöpfung sehen und noch einmal ohne Bewusstsein der Zeit wie Kinder hinleben, von jeder Stunde überrascht und keines Aufhörens gewärtig. So ging es mir, als ich gegen das Ende dieses Tages von einer weiten Wanderung zurückkehrend, beim Verlassen des schon finsteren Waldes mein Dorf im roten Abenddufte daliegen sah. Ich hatte schneidend kalte, freie Höhen besucht, von denen ich Hügelzüge, Wälder, Ackerland, Seen und ferne blanke Alpengipfel betrachtete, und war durch todesstille, bläuliche

Winterwälder gestreift, wo außer dem ängstlichen Seufzen überladener Stämme kein Laut zu hören war. Ich hatte im Bergwald den roten, vorsichtigen und doch dreisten Fuchs und am schilfigen Ried die dunkeln Wildenten belauscht, war über eine Stunde lang einem Schwarzspecht nachgelaufen und hatte an einer tief verwehten Hügellehne die kleine Leiche einer erfrorenen Goldammer gefunden. An einer bevorzugten Stelle hatte ich, zwischen roten Föhrenstämmen hindurch, den gleißenden breiten Gipfel des Glärnisch gesehen, war auf dem doppelten Lodenboden meiner Winterhose manchen schrägen Hang hinabgeschüttelt und den ganzen Tag keinem Menschen begegnet. Und nun schritt ich ermüdet und fröhlich heimwärts in der schon rasch zunehmenden Dämmerung, ein wenig steif in den Beinen und ziemlich ausgehungert, aber zufrieden. Heute war ein guter Tag gewesen, ein reiner, köstlicher, unvergesslicher, und der ist hundert halb gelebte und vergessene Tage wert. Und in der Dämmerung, auf der schneebedeckten, blass leuchtenden Landstraße ging etwas Kleines vor mir her, das ich einzuholen suchte. Als es noch vielleicht hundert Schritte entfernt war, erkannte ich es als einen kleinen Buben, der auf dem Kopf die viel zu große wollene Nebelkappe seines Vaters und in der Hand einen leeren Eimer trug. Im selben Augenblick, da ich ihn deutlich zu sehen vermochte, begann ich, auch ihn zu hören: Er sang nämlich. Eine Weile suchte ich vergeblich zu erraten, was er singe, denn er ging wegen der Kälte sehr rasch, und ich hörte nur vereinzelte Töne. Dann kam ich näher und hielt mich von da an unbemerkt hinter ihm. Er lief eilig, die linke Hand tief in die Tasche gebohrt, und er stolperte öfters auf der rau und ungleich gefrorenen Straße. Aber er sang unaufhörlich, eine Viertelstunde und eine halbe Stunde lang und vielleicht noch länger, bis wir am Dorfe waren und er in die erste, schon dunkle Gasse entschwand. Immer musste ich nachdenken und mich besinnen, was für ein Lied das doch wäre, das der Kleine sang. Es klang wie ein rechtes Abendlied zu diesem Tage, wie ein Lied aus unvergesslich reichen, dennoch fernen und dunkel gewordenen Kinderzeiten. Der Knabe sang keine Worte, er sang nur la und li und lo, aber es war immer dieselbe Melodie, nur wenig verändert, jedes Mal ein klein wenig anders, la li – la lo, und die Melodie war so bekannt, so selbstverständlich, dass ich leise mitsingen musste. Aber das Lied kannte ich nicht. Vielleicht ist es doch eine vergessene Kindermelodie gewesen. Ich glaube aber nicht. An solchen Wundertagen hört man viel Töne und sieht viel Dinge, die einem oft gehört und oft gesehen und uralt wohlbekannt erscheinen, und man hat sie doch nie gehört und nie gesehen.

Charles Ferdinand Ramuz

# *Im Nebel verloren*

Diese Geschichte erzählte er besonders gern, seit er alt war, so alt, dass er nicht mehr genau sein Alter wusste.

Er konnte sich nicht mehr von der Stelle rühren auf der Laube seines Holzhauses, wo man ihn morgens in seinen Rohrstuhl setzte und seine Beine schön in Decken eingewickelt auf eine Stabelle legte. Denn er war von der Gicht ganz verknotet, wie viele alte Männer in den Bergen, die zu oft auf die Gemsjagd gingen, bei jedem Wetter, in Schnee und Frost, und die allzu manche Nacht auf dem Anstand lauerten.

Immerhin war noch die Zunge in Ordnung, und je mehr sein übriger Leib erstarrte und erschlaffte, umso flinker wurde sie, um jene langen Geschichten zu erzählen, die ihm ein jeder gern abhörte, sogar Fremde im Sommer und Stadtleute, denn dabei langweilte sich keiner, und er wusste Geschichten von allen Arten; dazu rauchte er seine dickköpfige Pfeife, denn nur diese beiden Freuden waren ihm noch geblieben.

»Eisenbahnen gab es damals ganz gewiss noch keine«, begann er, »und jedermann musste noch zu Fuß über die Passhöhe, den Plan. Jedermann, das wollte nicht viel heißen, denn die Leute liefen noch nicht in der Welt herum wie heute; alles, was man brauchte, fand man im Tal; hier wob man feine Wolle, hier gerbte man sein Leder; keinem wäre es in den Sinn gekommen, nach Montreux zu gehen – ausgenommen zwei, drei Leuten wie mir, die sich gern in der Welt umsahen.

Außerdem hatte ich dort einen Bruder – heute ist er auch schon lange tot –, der hatte da drunten seine Lehre als Schreiner gemacht, und wie er ausgelernt hatte, hatte er sich mit der Tochter des Meisters verlobt. So ging ich hinunter zur Hochzeit. Er war zufrieden und ich auch. Eine prächtige Hochzeit wars. Anno '53. An einem Donnerstag war sie gewesen, und ich blieb bis zum Sonntag. Es gefiel mir recht gut da drunten, es ist wärmer als bei uns, es war schon November, und die Sonne schien wie im Juni, und ich ging im Land herum, der Schwiegervater meines Bruders hat mich bis nach Vevey geführt. Aber schließlich musste ich doch wieder hinauf. Am Sonntag esse ich noch zu Mittag; man hat sogar etwas früher aufgetischt, damit ich noch alle Zeit habe, vor Nacht nach Hause zu kommen, man trinkt eine gute Flasche; um ein Uhr breche ich auf, und sie begleiten mich ein Stück Weges.

Ich trug einen Ranzen und darin das Gewand, das ich an der Hochzeit getragen hatte, und dazu ein Dutzend Zuckerbrötchen, die ich meiner Mutter bringen wollte. Ich war damals ein kräftiger Kerl und noch ganz jung, noch nicht einmal einundzwanzig war ich; der Ranzen drückte mich gar nicht, und ich schritt tüchtig aus. Der Weg ist steil, und steinig und holperig ist er auch; ganz gerade führt er den Berg hinauf, aber das war ich gewohnt. Und der Wein gibt einem eine Weile lang gute Kräfte, wenn man nicht so viel getrunken hat; man wird hinaufgeschoben durch eine Stärke in den Beinen, und das singt auch gleichzeitig in Kopf und Herz. Alles in allem, ich war glücklich. Denn auch ich war verlobt. Mit der, die später meine Frau geworden ist, und die heute auch auf dem Friedhof liegt …«

Er hielt ein Weilchen inne, nahm seufzend die Pfeife aus dem Mund, und seine Augen schienen nach innen zu schauen, schienen auf Dinge gerichtet, die er eine Weile bedachte; dann, nach kurzem Schweigen, fuhr er weiter: »Ich war glücklich, denn mein ganzes Leben würde sich verändern. Die ganze Zeit dachte ich nur an sie; ein Prachtmädchen war sie, und nur um ein Vierteljahr jünger als ich, dabei keineswegs ein Dämchen; sie konnte zupacken und brauchte ihre Arme nicht nur, um sie zu zeigen. Und auch für sie hatte ich ein Geschenk mitgebracht, aber das war nicht im Ranzen; das Päcklein war zu klein, und ich hätte Angst gehabt, es zu verlieren. In meine Tasche hatte ich es gesteckt; eine silberne Brosche war's. Da dachte ich mir: ›Wie wird sie das freuen! Ich will die Hände hinter meinem Rücken verstecken und sie fragen: Welche von beiden willst du? Und wenn sie die richtige errät, werde ich sie gleich auftun. Rät sie aber die falsche, so will ich ihr sagen: Gar nichts bekommst du, wenn du mir nicht vorher zwei richtige Küsse gibst.‹

Immer noch schien die Sonne. Drei Stunden lang geht's immer aufwärts. Gegen vier Uhr war ich nicht mehr weit von der Passhöhe. Da braucht man nur noch eine Weile eben hinzugehen, dann ein Stück Wegs hinunter, und man kommt zum Wirtshaus von Ouges. Ein Spaziergang für ein Fräulein. Es gibt schlimme Pässe, und ich habe schon solche gesehen, und mehr als einen, ganz schmale, steile, die man in die Felsen gehauen hat, und man muss mit Händen und Füßen über sie wegklettern. Aber dieser ist ganz flach und sanft: eine lange Alpweide mit einer Hütte, und auf unserer Seite merkt man kaum, dass es bergab geht, so leicht ist der Hang; aber gerade weil er so eben ist, kann der Plan bisweilen recht gefährlich werden; flach nach allen Seiten hin, bis an den Rand des Abgrunds …

Und gerade wie ich nicht mehr weit von der Höhe

war und wie ich in die Luft schaute, sehe ich dicht über mir, genau am Rand des Kammes, etwas wie ein Räuchlein, das herankommt. Ein weißer Rauch, noch nicht besonders dicht, der sich bewegte, wie wenn Wasser überfließt; so kam er bis zum Rand der Hochebene und bog sich dort auf einmal in seiner vollen Breite um, lehnte sich nach vorn und floss langsam, ganz langsam über den Hang. Die Spitzen der Tannen sah man noch herausragen; ihr Fuß ertrank schon darin. Und über mir war nun alles weiß und getrübt; aber unter mir, bis zum See hin, war noch alles im vollen Sonnenlicht.

Ganz unvermittelt trat ich in den Nebel hinein; ich ging ihm entgegen, und er kam mir entgegen, und da erlosch auch hinter mir die Sonne, und es kam mir vor, wie wenn die ganze Erde auf einmal zugedeckt worden wäre, und doch war nur ich allein zugedeckt.

Es war noch kein heimtückischer Nebel; er sah nicht übel aus: ein hübscher silberner Schleier wie feiner Musselin. Darauf gab ich weiter nicht acht. An einer guten Stelle war ich hineingekommen, gerade beim Brunnen bei der Senkung im Kamm, und da braucht man nur geradeaus zu gehen, und das ist weiß Gott nicht schwer, wenn man etwas vor sich sieht. Denn von einem Ding zum andern, von Felsblock zu Felsblock, von Pfahl zu Pfahl kann man eine Linie festlegen; man braucht also nur vorwärtszugehen, und nach einer Viertelstunde findet man die

Hütte, nach einer weitern Viertelstunde stehen die paar Tannen; da wird der Weg wieder deutlich; wo die Tiere hinaufgehen, ist er gut angetreten; also im Ganzen höchstens eine halbe Stunde, und ich dachte mir: ›Gefahr ist da keine.‹

Und weiter bekam ich Mut, weil auf dem Plan Schnee gefallen war, während es noch keinen hatte, als ich drei Tage vorher ins Unterland ging; viel war's nicht gerade, vier oder fünf Zentimeter höchstens, aber eine Spur musste man darin lassen, denn er war fein und vom Wind zusammengeblasen. Unter dem grauen Himmel und im grauen Licht leuchtete er ganz merkwürdig, und ich setzte die Füße fest auf und presste die Absätze kräftig hinein, weil ich mir dachte: ›Verlier ich etwa den Weg, so kann ich einfach meinen Spuren nach zurückgehen.‹

Aber dann kam jener zweite Nebel, von da drüben rechts, ganz aus der Tiefe jener hohlen Stelle heraus, die unten an den Rochers de Naye liegt; dort zwischen den Felsen hervor stieg er zu mir herauf, ohne dass man ihn sehen konnte. Es war unmöglich, ihn zu sehen, weil er durch den andern hindurchkam und durch ihn hindurchglitt; er machte ihn, als hätte er neue Fäden hineingewoben, immer dichter, und sofort hatten sich die beiden gemischt. Und das wurde nun immer dicker und auch schwärzer allein durch seine Dichtigkeit; der erste Eindruck ist, dass man meint, es verschlage einem den Atem; denn die Luft, die man nun atmet, ist ganz anders; es scheint sogar, das sei überhaupt keine Luft; wie wenn man den Mund voller Watte hätte. Und wie man sich dann überzeugt hat, dass man trotzdem atmet, kommt der zweite Eindruck: Man glaubt, die Beine habe man einem abgeschnitten, und man sei nur noch ein Körper, der in der Luft schaukelt: Den Arm streckt man aus und sieht die Hand nicht mehr an seinem Ende. Und plötzlich hat man Angst.

Das kam aber so schnell, dass ich zuerst gar nicht daran dachte anzuhalten, obschon man eigentlich hinter der Wahrheit zurückbleibt, wenn man sagt, man sah den Weg nicht, denn man sah auch die eigenen Füße nicht. Hätte ich in diesem Augenblick gehörig überlegt, so wäre ich wohl auf meiner Spur zurückgekehrt; aber das kam mir gar nicht in den Sinn. Meine Beine schritten wie von selbst und trugen mich weiter, und mein Kopf war anderswo; die Beine aber eilten nur noch mehr, denn ihr einziger Gedanke war die Flucht. Und dann glaubt man immer noch, man sei auf richtiger Fährte … Ja, die richtige Fährte! Auf einmal spüre ich, wie es unter mir wieder zu steigen beginnt.

Wie ich es Ihnen erzähle: Aufwärts gings wieder. Man kann sich nicht irren. Man muss den Fuß heben, sonst stößt er an; das ist das Zeichen dafür. Und da sagte ich mir: ›Hinauf gehts. Wo mag ich da wohl sein?‹ Es war eine Stelle, wo der Wind den Schnee weggeweht hatte; nur ein kurzer abgeweideter Rasen war da; ich lasse mich fallen, setze mich hin und frage mich wiederum: ›Wo bin ich wohl?‹ Keine Antwort konnte ich mir darauf geben. Und wo war wohl der Pass? Vor mir? Rechter Hand? Linker Hand? Wer konnte es wissen? Ich weniger als ein anderer, obwohl ich beim Niedersetzen darauf geachtet hatte, mich mit dem Rücken an den Hang zu lehnen; aber der Hang ist gar nicht regelmäßig, besonders auf solchen Hochflächen voller Hügelchen. Da sagte ich zu mir: ›Nur keine Hast. Denk zuerst nach.‹

Beunruhigt war ich übrigens gar nicht, eher etwas belustigt: ich dachte, was für eine Geschichte ich zu Hause und namentlich der Marie nun auftischen könne, wie ich mich auf dem Plan von Jaman verirrt habe. Wie die wohl lachen würde! Und ich sah sie lachen. Wenn sie mit ihren blitzhellen Zähnen lachte, sah das aus, wie wenn einer eine Sense in die Luft hebt, und ihr Mund war feucht. Diesem Mund hatte ich mich zugewendet, und ihren prallen runden Backen, und hatte Lust, sie zu küssen; aber da musste ich oft lange warten, bis ich sie küssen durfte. Diese Geschichte wollte ich ihr erzählen und meiner Mutter auch, und ich dachte mir: ›Gerade jetzt ist sie am Kaffeekochen. Jetzt gießt sie ihn in die Tasse ein. Dann stellt sie die Kaffeekanne in einem Herdwinkel an die Wärme, weil sie mich erwartet; aber sie kann sich darauf gefasst machen, dass ich später komme;

die werden schön lachen, wenn ich ihnen erzähle, warum.‹

Doch ich war immer noch im Nebel. Ich musste einen Entschluss fassen. Und da beschließe ich, dass ich geradeaus hinuntergehen will, so weit wenigstens, bis ich wieder auf meine eigenen Spuren komme – die müsste ich finden, wenn ich mich von Zeit zu Zeit bückte, und dann wollte ich eine Vierteldrehung nach links machen und dann wiederum geradeaus gehen.

So, nun gehe ich bergab; ich gehe bergab, das stimmt; aber jetzt kommt es mir vor, das Abwärtsgehen nimmt gar kein Ende. Stellenweise hatte es Alpenrosenbüsche, ich stehe mittendrin und sehe sie nicht; zweimal falle ich hin und zerschneide mir die Hände, stehe endlich wieder auf, dann halte ich wieder an … Herrgott! Wo bin ich nun wohl?

Immer noch hatte ich keine Furcht; und der allererste Anflug von Furcht, der mehr im Leibe als im Kopf steckt, war seit Langem schon überwunden, und der zweite hatte sich noch nicht gemeldet; aber ganz merkwürdig zumute wars mir doch, und gleichzeitig fror ich: Wie wenn ich nichts mehr mit dem Erdenleben zu tun hätte, wie wenn ich außerhalb dieser Welt wäre. Ich war ganz allein mit mir, wie in der Todesstunde. Und doch dachte ich keineswegs an den Tod; aber die gleiche Einsamkeit war da, das nämliche Getrenntsein von allen Dingen, trotzdem fühlte ich mich ganz ruhig: wie wenn ich nie mit etwas verbunden gewesen wäre, mit keinem Wesen und mit keinem Gegenstand; und wenn ich an Mutter, Braut, Bruder, an alle, die mir lieb waren, dachte, so sagte ich mir: ›Die sind irgendwo da unten.‹ Und da unten, das war, wie wenn man gesagt hätte: in einer andern Welt, in einem andern Leben; aber ohne Sehnsucht nach mir und ohne Mitleid mit meinem Schicksal.

Eine große Stille war da, sage ich Ihnen, und ich stand mittendrin, auf meinen Stock gestützt.

Und dann dachte ich wieder: ›Jetzt will ich ohne Hast weitergehen und ohne mich groß zu sorgen, wo es hingeht. Ich habe alle Zeit; schreite ich immer drauflos, so muss ich schließlich irgendwohin kommen; jetzt ist es ja gleich, ob es Nacht wird, denn auch mitten am Tag würde man nicht mehr sehen.‹

Das sagte ich ganz laut zu mir selber; und dann schritt ich tatsächlich von Neuem aus, aber ganz ruhig wie auf einem Spaziergang. Ich rechnete mir aus, dass ich es mit meinem guten Mittagessen im Leib und meinen zwölf Zuckerbrötchen im Ranzen als guter und zäher Fußgänger die ganze Nacht aushalten könne, wenn es sein musste, und dann waren doch Aussichten, dass der Nebel in dieser Zeit aufstieg, und schließlich käme der Morgen … Und dann meldete sich immer wieder das dumpfe Gefühl, dass ich außerhalb aller Dinge gestellt sei, und weiter, dass die Kälte zu groß sei, um ihr ohne Bewegung standzuhalten; denn diese eisige Feuchtigkeit dringt durch alle Kleider, und man spürt sie unvermittelt auf dem Leib … So ging ich weiter, eine Stunde zumindest.

Und erst nachher habe ich begriffen, dass ich diese ganze Zeit im Kreis gegangen bin, auf einem engen Raum wie ein Tier in seinem Käfig, wohl nicht genau in einem Kreis, aber nach der Art einer Uhrfeder, sodass die Runde immer etwas weiter wurde; und hatte geglaubt, es ginge vorwärts, und wie lange wäre das noch so weitergegangen … Doch da fühle ich, wie ich auf einmal den Fuß ins Leere setze, ich kann nicht mehr anhalten, lasse den Stock fahren und gleite auf dem Rücken davon: Dann stoßen meine Füße an, der Anprall stellt mich aufrecht hin, die Wucht des Schwunges zieht den Oberkörper noch mehr nach vorn, und so stürze ich kopfüber, die Hände vorgestreckt. Zum Glück lande ich im Schnee. Aber bis zu den Schultern stecke ich drin, mein Ranzen ist über meinen Kopf hinausgeflogen, und zuerst glaubte ich, ich sei tot; dann rührte ich ganz vorsichtig einen Arm, dann den andern, dann die Beine; dann versuchte ich aufzustehen, aber leicht war das nicht. Der Schnee war nicht sehr fest; sobald ich ein Bein frei hatte, sank das andere noch tiefer ein, und was ich auch alles unternahm, bis zu den Knien blieb ich gefangen, und im Gleichgewicht halten konnte ich mich auch nicht.

Ganz mechanisch strecke ich eine Hand aus und

suche eine Stütze, und ich fühle etwas, das ist wie eine Mauer.

Ich strecke die andere Hand aus, taste mit beiden Händen um mich, überall ist diese Mauer, die meine Finger entlanggleiten, ohne sich an etwas festhaken zu können. In einem Loch war ich, wie lebendig begraben.

Und jetzt kam die große Angst über mich. Plötzlich fing ich an, aus Leibeskräften um Hilfe zu schreien; und seither weiß ich, was die Stille ist, denn sie war die einzige Antwort auf meine Rufe. Da war dieser Schrei; mir schien, er hebe über mir eine Steinplatte auf, wie sie auf Gräbern liegen; dann fiel die Platte wieder zurück. Und ich begriff sehr wohl, dass mich aus der Tiefe dieses Loches, in dem ich mitten im Gebirge verloren war, kein Mensch vernehmen konnte; nichtsdestoweniger schrie ich weiter, fast gegen meinen Willen, die Schreie entfuhren meinem Mund wie von allein, und ich erkannte meine Stimme nicht wieder, so heiser klang sie. Ich schrie und schrie. Dann warf ich mich mit beiden Händen gegen die Mauer, und dazu mit dem Kopf und mit meinem ganzen Körper, wie wenn ich eine Tür eindrücken wollte, und es scheint mir, ich drücke sie auch ein, ich biege ein Knie und stemme es an und drücke es gegen die Mauer, mit meinen Zähnen beiße ich um mich wie im Wahnsinn … Denn nun hatten mich Todesahnung und Todesangst zugleich gepackt. Und dazu diese Eiskälte, die in mich drang und mich umgarnte, mit ihrem prickelnden Stechen in den Armen und Beinen, das immer mehr dem Herzen näher kam; noch einmal sah ich meine Mutter und mit ihr Marie, aber nicht mehr in jener Weltferne, sondern durch Sehnsucht war ich zu ihnen hingerissen. Und das und nichts anderes hat mich gerettet, diese Sehnsucht; denn sie gab mir Kräfte, die ich in mir wachsen und schwellen fühlte; und so konnte ich mich hinaufzwängen und aus meinem Loch frei machen; ich stehe auf und schreie, und von drüben antwortet der Widerhall, nichts als der Widerhall, dann die Stille. Nochmals schreie ich und stürze vorwärts.

Was dann weiter geschah, weiß ich nicht mehr so recht. Nur das eine weiß ich noch, dass ich aus allen Kräften rannte. Von Neuem war ein Hang unter mir, ein ziemlich steiler Hang sogar; ich raste ihn hinunter. Ich weiß noch, dass ich gegen Bäume stieß und dabei keinen Schmerz empfand, obwohl ich nachher das ganze Gesicht voller Beulen hatte, und Leib und Hände waren zerschunden; auch ausgeglitten und hingefallen bin ich beständig und wieder aufgesprungen wie eine Feder. Immer wieder rief ich um Hilfe; so verstrich einige Zeit; dann schien es mir, man antworte mir, und ich schrie lauter, und man antwortete mir lauter; indessen kam ich näher an die Stelle heran, wo dieser Schrei erscholl; etwas durchbrach

Nacht und Nebel, ein rotes Licht schwankte vor meinen Augen; ich fühlte, wie ich hinfiel …

Im Wirtshaus haben sie mir nachher erzählt, dass sie Angst bekamen, wie sie mich heranrennen sahen; ich lief nicht mehr, ich rollte fast. Der ganzen Länge nach war ich hingefallen; sie hoben mich auf und steckten mich ins Bett. Sie sagten mir, ich sei ganz mit Blut bedeckt gewesen. Von meinen Hosen waren nur noch ein paar Fetzen Tuch um meine Hüften geblieben, und meine Jacke hatte nur noch einen Ärmel. Mein Ranzen hing noch an den Riemen über meine Schultern; aber er hatte sich entleert. Auch die Brosche hatte ich verloren. Und das hatte mir fast den größten Kummer gemacht. Und geschämt habe ich mich auch; aber damals war ich jung; ich hatte den Kopf verloren; kaum zu glauben, aber so war es; und später bin ich dann vorsichtiger geworden …«

Er sprach im Laubenschatten langsam aus der Tiefe des Rohrstuhls heraus, und dann und wann hob er die Hand, um ein Wort oder einen Satz zu unterstreichen.

## Marlen Haushofer
# *Das Reh*

Den ganzen Winter hindurch wurde ich nie krank. Ich war immer anfällig gegen Erkältungen gewesen, plötzlich schien ich ganz davon geheilt zu sein. Und das, obgleich ich mich nicht schonen konnte und manchmal erschöpft und durchnässt nach Hause kam. Die Kopfschmerzen, unter denen ich früher häufig gelitten hatte, waren schon seit dem Frühsommer nicht mehr aufgetreten. Mein Kopf tat nur noch weh, wenn ein Scheit gegen ihn sprang. Natürlich spürte ich am Abend sehr oft alle Muskeln und Knochen, besonders nach der Holzarbeit oder wenn ich Heu die Schlucht heraufgezogen hatte. Ich war nie sehr kräftig, nur zäh und ausdauernd. Allmählich kam ich dahinter, was ich mit meinen Händen alles tun konnte. Hände sind ein wunderbares Werkzeug. Manchmal bildete ich mir ein, dass Luchs, wären ihm plötzlich Hände gewachsen, bald auch zu denken und zu reden angefangen hätte.

Natürlich gibt es immer noch eine Menge Arbeiten, mit denen ich nicht fertigwerde, aber ich bin ja auch erst mit vierzig darauf gekommen, dass ich Hände besitze. Man darf nicht zu viel von mir verlangen. Der größte Erfolg wäre es wohl, wenn ich die Tür zu Bellas neuem Stall richtig einsetzen könnte. Zimmermannsarbeit fällt mir immer noch besonders schwer. Dafür bin ich in der Landwirtschaft und der Tierpflege nicht ungeschickt. Alles, was mit Pflanzen und Tieren zu tun hat, hat mir schon von jeher eingeleuchtet. Ich hatte nur nie die Gelegenheit, diese natürliche Begabung auszubauen. Diese Arbeiten befriedigen mich auch am meisten. Die ganze Weihnachtswoche hindurch sägte und zerhackte ich Holz. Ich fühlte mich wohl und schlief tief und traumlos. Am neunundzwanzigsten Dezember wurde es über Nacht sehr kalt, und ich musste damit aufhören und mich ins Haus zurückziehen. Ich dichtete die Tür- und Fensterspalten im Stall und im Haus mit Streifen ab, die ich aus einer alten Decke geschnitten hatte. Der Stall war fest gebaut, und Bella brauchte noch nicht zu frieren. Auch die Streu, die ich im Stall und über dem Stall untergebracht hatte, hielt die schlimmste Kälte ab. Die Katze hasste die Kälte, und in ihrem kleinen runden Schädel fing sie an, mich dafür verantwortlich zu machen. Sie strafte mich mit mürrischen vorwurfsvollen Blicken und verlangte klagend, ich sollte endlich diesen Unfug abstellen. Der Einzige, dem die Kälte nichts ausmachte, war Luchs. Aber er begrüßte ja jedes Wetter freudig. Er war nur ein wenig enttäuscht davon, dass ich nicht bei klirrender Kälte spazieren gehen mochte, und versuchte dauernd, mich zu kleinen Ausflügen zu ermuntern. Ich machte mir Sorgen um das Wild. Es lag mehr als ein Meter Schnee, und es gab keine Fütterung mehr. Ich besaß zwei Säcke Rosskastanien, die von der vorjährigen Fütterung übrig geblieben waren und die ich für mich als eisernen Vorrat aufheben wollte. Es konnte ja dahin kommen, dass ich einmal um Rosskastanien froh sein würde. Als aber der strenge Frost anhielt, wurde ich schwankend und musste immerzu an die beiden Säcke in der Schlafkammer denken. Am sechsten Januar, dem Dreikönigstag, hielt ich es in der Hütte nicht mehr aus. Die Katze behandelte mich immer noch mit der größten Verachtung und zeigte mir ihr getigertes Hinterteil, und Luchs fieberte nach einem Auslauf. So zog ich an, was mich irgendwie warm halten konnte, und machte mich mit dem Hund auf den Weg.

Es war ein gleißend schöner Frosttag. Die verschneiten Bäume glitzerten schmerzhaft im Sonnenlicht, und der Schnee knirschte trocken unter meinen Füßen. Luchs stob davon, in eine Wolke leuchtenden Staubes gehüllt. Es war so kalt, dass mein Atem sofort gefror und jeder Luftzug in den Lungen schmerzte. Ich band mir ein Tuch vor Mund und Nase und zog die Kapuze fest über die Stirn. Mein erster Weg war zur Wildfütterungsstelle. Es gab dort unzählige Spuren. Die Kälte kroch mir in die Knochen, als ich sah, wie sie alle in ihrer Not gekommen waren und die Futterraufen leer gefunden hatten.

Plötzlich hasste ich die blaue, flirrende Luft, den Schnee und mich selbst, weil ich nichts für die Tiere tun konnte. Meine Kastanien waren in dieser großen Not nicht viel mehr als nichts. Es war die reinste Unvernunft, sie herauszugeben, aber ich konnte gar nicht anders. Ich kehrte sofort um, zerrte die beiden Säcke aus der Kammer, band sie aneinander und schleppte sie im Schnee hinter mir nach. Luchs war begeistert von dem Unternehmen und umsprang mich mit aufmunterndem Gebell. Die Futterstelle lag nur zwanzig Minuten entfernt, aber der Weg führte bergauf, außerdem war er tief verschneit, und ich kam ganz erschöpft und mit erstarrten Händen oben an. Ich leerte die Säcke in die Raufen und kam wir vor wie ein Narr. Da es so kalt war und ich nicht wagte, mich hinzusetzen, ging ich langsam weiter bergauf. Überall fand ich ihre Spuren. Das Hochwild hatte die höheren Lagen verlassen und war zu den Rehen herabgestiegen. Bei Anbruch der Dämmerung würden sie alle zur Futterstelle kommen und sich wenigstens einmal noch sättigen können.

Die Rinde der jungen Bäume war angenagt, und ich beschloss, im kommenden Sommer einen kleinen

Vorrat von Heu von der Waldwiese für das Wild zurückzulegen. Es fiel mir nicht schwer, diesen Vorsatz zu fassen, der Sommer lag weit. Als ich dann wirklich mit der Sichel die Waldwiese mähte, dachte ich anders darüber. Jedenfalls aber habe ich jetzt immer so viel Heu, dass ich im ärgsten Notfall das Wild eine Woche lang füttern kann. Es wäre ja vielleicht klüger, es nicht zu tun, das Wild vermehrt sich ohnedies zu sehr, aber ich kann es einfach nicht verhungern und so elend umkommen lassen.

Nach einer Viertelstunde merkte ich, dass ich die Kälte nicht länger ertragen konnte, und kehrte um. Auch Luchs schien einverstanden zu sein; seine Begeisterung hatte sich rasch abgekühlt. Auf dem Rückweg fand ich in einer Schneewehe halb verborgen ein Reh, das sich den Hinterlauf gebrochen hatte und sich nicht mehr bewegen konnte. Der Lauf war so schlimm gebrochen, dass die Knochensplitter aus der Haut ragten. Ich wusste, dass ich dieser Qual sofort ein Ende machen musste. Es war ein junges Reh und sehr abgemagert. Ich hatte das Gewehr nicht mit und musste das Tier mit dem Knickmesser durch einen Stich in den Nacken töten. Das Reh hob matt das Haupt und sah mich an, dann seufzte es, zitterte und fiel zurück in den Schnee. Ich hatte es gut getroffen.

Es war nur ein kleines Reh, aber es lastete schwer auf mir, als ich heimzu ging. Später, nachdem ich meine Hände in der Hütte aufgetaut hatte, weidete ich es aus. Sein Fell war schon eiskalt, aber als ich es aufbrach, stieg ein wenig Dampf aus dem Leib auf. Sein Herz fühlte sich noch ganz warm an. Ich legte das Fleisch in ein Holzschaff und trug es in eine der oberen Kammern, wo es bis zum nächsten Morgen steif frieren würde. Von der Leber gab ich Luchs und der Katze. Ich mochte nur ein Glas heiße Milch trinken. In der Nacht hörte ich die Kälte im Holz knacken. Ich hatte kräftig nachgelegt, aber ich fröstelte unter der Decke und konnte nicht einschlafen. Manchmal prasselte ein Scheit auf und erlosch wieder, und ich fühlte mich krank. Ich wusste, es kam davon, dass ich immer wieder töten musste. Ich stellte mir vor, was ein Mensch empfinden mag, dem Töten Freude macht. Es gelang mir nicht. Die Härchen sträubten sich auf meinen Armen, und mein Mund wurde trocken vor Abscheu. Man musste wohl dazu geboren sein. Ich konnte mich dahin bringen, es möglichst rasch und geschickt zu tun, aber ich würde mich nie daran gewöhnen. Lange lag ich wach in der knisternden Dunkelheit und dachte an das kleine Herz, das über mir in der Kammer zu einem Eisklumpen gefror.

Das war in der Nacht zum siebten Jänner. Die Kälte hielt noch drei Tage an, aber die Kastanien waren schon am Morgen verschwunden.

Henry Hoek

## *Wintermärchen*

Es war um die Mitte des Monats Dezember, da kamst du mich besuchen, du meine schöne, große, blonde Freundin.

Ich wohnte damals hoch oben im Gebirge, in einem einsamen Gasthaus, wo die Straße endigt und die Welt aufhört, und von wo es nahe ist zum Himmel mit seinen wechselnden Wolken.

Seit vielen Wochen war ich der einzige Gast gewesen. Nietzsche, die Wirtsfrau und ein riesiger schwarzer Neufundländer waren meine einzigen Genossen.

Im November war viel Schnee gefallen; doch dann kamen warme Regenstürme, und von Neuem standen die dunkeln Tannenwälder winterlich schwarz zwischen den braun gefrorenen Hochweiden.

In einem uralten klapprigen Wagen, gezogen von zwei noch älteren struppigen Gäulen und mit einem etwas jüngeren, aber halb idiotischen Knecht als Kutscher, holte ich dich ab an dem kleinen Bahnhof der Bergbahn.

Eingewickelt in deinem langen, schwarzen, weichen, seidig glänzenden Pelz, saßest du wie die Prinzessin eines Märchens in dem elenden Gerümpel. Das Goldblond deiner Haare war die erste Sonne seit vielen, vielen Tagen. Die Prinzessin eines Wintermärchens solltest du werden und bleiben.

In der Nacht, die dem Tage deiner Ankunft folgte, wurde es klar und kalt. Vorher fiel noch ein wenig Schnee, genug, um das ganze Gebirge in Winterpracht zu hüllen; doch nicht so viel, dass er unsere Spaziergänge gehindert hätte.

Und das war sehr gut!

Denn wohl warst du bewandert auf den Brettern der Bühne und dem glatten Parkett des Salons; du hattest aber keine Erfahrung auf Gebirgswegen und tief verschneiten Waldpfaden.

Der hohe Kothurn war dir vertrauter unter dem Fuß als der lange Ski; dein biegsamer Körper war gewandt, sich im Tanze zu drehen, doch rascher Schwung aus schneller Fahrt war ihm nicht gewohnt. Und deine Bewegungen hatten stets eine gehaltene graziöse Würde, die deinem hohen Wuchse wohl anstand.

Du warst eine auffallende Erscheinung, die manchem Mann, der dich das erste Mal sah, einen ungewollten Ruf der Bewunderung entlockte; eine größere

Schmeichelei kann man einer Frau kaum sagen. Viele werden dich eine Schönheit heißen mit deinen regelmäßigen Zügen, leuchtend blauen, großen Augen und dem sinnlich geschwungenen kräftigen Mund. Du hattest der nordischen Blondinen lebhafte Farben und rosigen Teint, der immer frisch ist wie die Haut eines Pfirsichs im Morgentau.

Vollkommen schön waren Arme und Hände. Die Gelenke waren nicht zart, aber der Fluss der Linien war ohne Fehl. Nichts habe ich so oft geküsst wie deine Hände – und deine Arme waren kühle Schlangen; ach, wie gerne ließ ich mich umschlingen!

Schillernd warst du und sprühend, aller Launen und aller Teufeleien voll. Du selbst so wenig wie deine Freunde wussten, wie du die nächste Stunde sein würdest. Vor allem aber warst du begnadet mit einem göttlichen Leichtsinn – warst kindlich unbekümmert um alles, was die Zukunft bringen könnte. Du lebtest der Stunde und dachtest nicht weiter. Daher lebtest du deine Stunden ganz; daher sah ich nie einen Menschen so restlos glücklich wie dich.

Eine lange, köstliche, eine kurze, selige Woche ging Tag um Tag die Sonne in himmlischer Klarheit auf und schien warm und golden in dein kleines, braun getäfeltes Zimmer – schien doppelt golden auf dein gelbes Haar, das wie eine Aureole gefrorenen Lichtes um dein schönes Haupt auf dem weißen Kissen leuchtete.

Um die Mitte des Dezembers war's, doch waren die Tage still und lind wie im Frühsommer. Wohl fror es nachts ein wenig, und alle Lichtungen in den Wäldern bedeckte der Frost mit großen blattförmigen Kristallen. Sie saßen auf jedem Stein und hingen an jedem Stamm. Wie Stromlinien im Wasser folgten sie den Formen. Sie rasselten wie dürres Laub, wenn unsere Schritte sie zerbrachen.

Tief unter uns in den Tälern lag die Welt, die Stadt, unser altes Leben unter dichtem Nebel. Er lag in grauweißen dicken Strömen zwischen den Bergen; er lag wie ein milchiger See in der großen Senke des Rheintales. Wie ein Meer der Vorzeit lag er über dem Schweizer Tiefland. Die tiefe Sonne des Winters strahlte es wieder und gab uns doppelt Wärme und Leben.

Und Tag um Tag stand jenseits dieser vergänglichen, leichtflüssigen See das Wunder; Tag um Tag hob sich dort der Alpen riesiger Wall – Symbol ewiger Kraft und Stärke –, ewig wechselnd in Aussehen und Erscheinung, wie nur der Starke es darf.

Bald waren die Berge fern, bald schienen sie nahe. Einmal erinnerten sie an getriebenes Silber, und ein andermal sahen sie aus wie schwarzer Basalt. Manchmal waren ihre Linien weich und sanft und manchmal gezackt und drohend, finster und hart. Sie gemahnten an den anschmiegenden Spitzenkragen um den Hals einer schönen Frau – sie glichen einer schartigen Riesensäge, womit die Himmelskuppel geteilt werden sollte.

Es konnte aussehen, als wäre es ein Spaziergang zu ihrem Fuße, und es konnte scheinen, sie wären gänzlich unerreichbar, eingewurzelt im fernen blauen Sehnsuchtslande der Fantasie.

Erinnerst du dich noch an das kleine Berggasthaus? Wir pflegten dort den Endpunkt unserer Nachmittagsspaziergänge zu machen. Es stand oben auf freiem Berghange, und nichts hinderte die Aussicht nach Süden. Wir hatten dort das ganze Geschehen auf dieser fabelhaften Naturbühne vor uns. Wir sahen alle Wunder des Himmels sich begeben. Wir sahen die Wolken in Streifen, sahen sie als Flocken, als Federn kommen und gehen, entstehen und wieder vergehen. Wir sahen sie weiß und grau, wenn die Sonne hoch stand, und rot und lila, wenn sie sank. Wir sahen den Schnee aufglühen in den unwahrscheinlichsten Farben und Tinten, sahen die Schatten violenfarben dunkeln.

Die fernen Schneeberge, die wie graue Schemen vor einem apfelfarbenen Himmel gestanden, bekamen Form und Farbe. Kanten glühten auf in rot metallenem Feuer, Gletscher erglänzten in nie gemaltem Orangerot. Wie die unersteigbaren Burgen fern thronender Götter standen sie in fabelhaften Fernen. Missfarben und kupfrig dehnte und hob sich der neidische Nebel zu ihren Füßen.

Mählich verblassten sie, wurden grau und dunkel,

bekamen die Farbe verdünnter Tinte und sanken zurück in die eindimensionale Körperlosigkeit, aus der sie das Licht für kostbare Minuten herausgehoben hatte.

Der Himmel verlor seine heroischen Wolken. Dämmerung kroch empor aus den Tälern und schlug ihre dunklen Tücher um die Berge des Vordergrundes. Ein strohgelber Mond verließ sein Lager in den nachtschwarzen Wäldern, und aus dem helleren westlichen Himmel leuchtete uns Venus lächelnd zu.

Fröstelnd gingen wir heim in unser kleines Gasthaus. Fröstelnd suchten wir unsere Plätze auf der »Kunst«, auf der warmen, von innen geheizten Ofenbank.

Erinnerst du dich? Weißt du noch, wie warm sie war? »Unter sieben Wochen lernt man es nicht, darauf zu sitzen«, sagte uns schmunzelnd die Wirtin. Und sieben Hefte der »Woche« mussten wir unterschieben, sonst war es wirklich nicht zum Aushalten.

Früh wurde es Nacht. Flimmernd standen die Sterne im Ausschnitt des Tales über den lautlosen Wäldern. Wir saßen auf unserer Ofenbank; und mit leiser Stimme las ich dir vor. Las dir d'Annunzios »Forse que si, forse que no«, flog mit ihm und seinen Helden und dir durch Brescias sublimen italienischen Himmel. Und wir lasen von der perversen, schmerzvollen, fantastischen Liebe Isabellas, bis deine Backen brannten, »und dann lasen wir nicht weiter«.

Es war ein Märchen. Ein Märchen ungetrübten Glückes. Und es währte genau eine Woche. Dann musstest du gehen, geliebte Blonde.

Ich begleitete dich hinab ins Tal. Als ich am Abend wieder auf meinem beherrschenden Berge stand, da kamen die ersten grauen kalten Nebel vor einem eisigen Ost aus den Tälern geflogen. Sie hüllten Gipfel und Alpen und Welt in ihre trüben Schleier.

Sonne, Märchen und Glück waren gewesen.

Sie hatten genau eine Woche gedauert. Es war nicht viel.

Eine Woche meines Lebens hast du mir zum Liede verzaubert, dessen Ton nun für und für durch mein Erinnern klingt.

Ist das nicht viel?

## Brigitte Kronauer

# *Schnee*

Mich hat die Aussicht auf das viele Weiß hergelockt, aber eben nicht als Ebene. Als Hochgebirge! Nun kam ich an mit dem kleinen roten Zug, fuhr über eine hohe Brücke, hoch über die Schlucht gewölbt, alle Bögen mit Glühlämpchen skizziert in die Dämmerung, durch den Tunnel zum Schluss, stieg aus in ein mildes Schneegestöber, alles recht, und hielt Ausschau. Die Berge waren überhaupt nicht anwesend. Geboten wurden nach der langen Reise, und am Ende ja auch brav bergauf, ein feiner Flockenwirbel und große Schneemänner in einem aus Schnee gebauten Dorf am Bahnhof. Ich wusste nicht, was ich sagen sollte. Dass es so tonlos sein würde, das hatte ich am wenigsten erwartet. Mitten im Weiß saß ich in der Tinte, wenn Sie erlauben, in meinem Hotelzimmerchen und traute mich nicht in diese Belanglosigkeit von weißer Trübnis ohne Horizont und Extrem, ohne erregende

Linie überhaupt. Denn Sie dürfen nicht vergessen: meine Verfassung! Ich war ja nicht aus Übermut hergereist. Im Gegenteil! Ich fühlte mich aus triftigen Gründen erschrocken, verwüstet, in einer großen Bedrückung und Schuld vielleicht sogar. Trara! Da hatte ich gehofft, das Weiß und die Bergdreiecke könnten das Richtige sein. Für bzw. gegen Freund Hein. Zara hatte einmal davon gesprochen, vor vielen Wochen. Jetzt aber, bei der Ankunft, dachte ich nur: keine Seelenkur! Dachte nur: Aha! Nach einer halben Stunde noch einmal: Aha! Soso. War nicht froh.

Aber dann, am nächsten Morgen, kaum schlug ich die Augen auf, standen sie da, die Berge, ringsum warteten sie schon, die herrlichen Massen, und lachten blökend von allen Seiten, die rohen Unschuldslämmer. Ich ließ mir das nicht zweimal sagen. Schon stand ich, eine Hand über mir in einer Schlaufe, in den Knien mich bei jeder Kurve wiegend, zwischen Passagieren in metallischen Häuten. Es ging bedächtig bergan. Sehr frisch und stolz die Bäume unter dick aufglitzerndem Schnee. Fast feucht war es im Businneren, fast fiel man gegeneinander zur Musik aus dem Fahrerlautsprecher. Gymnastikmelodien vermutlich.

Wir wiegten uns und schaukelten Leib an Leib. Verließen uns welche, stiegen noch mehr neue dazu. Wohin ging die Fahrt? Ich wusste es nicht, wusste ja rein gar nichts, aber was konnte ich falsch machen unter so vielen in einer, man muss schon sagen, Karnevalsstimmung. Es wurde ja auch immer heller, blendender. Große, verschwenderische Landschaften in Weiß lagen nun für uns bereit, und im Nu hatten sich die grell gezeichneten Leute verteilt. Locker in Gruppenformationen waren sie über die unterschiedlich geformte, weit aufgeschlagene Weiße gestreut. Es gab viele Wege, es sind hier wirklich gut bereitete Pfade, ganz weiße, die nicht schmutzig werden, sosehr man darüber wandert. Ich mache mich also auf und folge Spaziergängern mit Kennermienen, die mir Vertrauen einflößen. Man hat schweifende Blicke über den Ort, über das ganze Tal, und überall aufsteigende Säulen an Frische und Heiterkeit. Dann plötzlich, im Gleißen auftauchend, ein Fichtenweg, Schatten auf dem festen Schneeboden, wie im Sommer auf der Walderde, die schönen Musterungen, da sind sie wieder! Ich fange zu singen an, fange in meinen schweren Sorgen zu singen an, weil ich sie vergesse aufgrund des alten lieben Musters von Schatten und Licht unter meinen Füßen. Ich kann nicht anders, Gott sei mir Sünder gnädig, ich kann nicht anders. Bänke sind da, manche schwer bepackt mit Schnee, andere frei, die Sitzfläche von der Sonne getrocknet, richtige Kabinette drum rum, eine hüfthohe Schneewand. Man könnte sich zum Schlafen im Wärmestübchen und Schneezimmerchen einrichten. Ein Dohlenzwitschern überm Kopf. Vielleicht schaut ein Spaziergänger ab und zu nach, wer da träumt. Viele sind es nicht mehr, die hier noch gehen, aber ich, ich kann nicht aufhören, noch immer einen Schritt weiter, eine Biegung weiter, die Berge, bei denen der Fels durch den Schnee stößt weithin, weithin über der anderen Talseite aufgestellt. Im Himmel kreisen hauchfeine Schleier, das Herz schwillt an wie wahnsinnig geworden, reicht überallhin, spürt aber trotzdem den Widerstand der fremden Gegend. Es sind Markierungen zu beiden Seiten des Weges warnend aufgestellt. Man weiß nicht recht, wie tief die Schneedecke ist. Ich sinke gleich bis zum Knie ein beim geringsten Versuch, etwas auszuprobieren.

Weil alles so neu ist und nicht dreckig wird und so matt strahlt über große Schultern weg, hören die Gedanken auf, die Vergangenheit, man denkt nicht zurück, die mächtige weiße Gegenwart merzt alles aus. Es ist eine gewaltige Willenskraft, eine schwanenweiße und strotzende Willenskraft, ein weißes Schmettern, in dem nichts anderes zugelassen wird. Das ist der Unterschied zur bloßen Ansicht von solchen Gebieten. Jetzt stand ich zwischen dem geräuschlosen Atmen der Weißballungen. Es war natürlich eine Mutprobe, nicht umzudrehen. Ich wollte der Ferne nicht den Rücken kehren, der Ferne eines unvermittelten, stets sich wiederholenden Abschneidens durch eine Biegung. Aber diese Flächen und Ausbuchtungen, so kapitale Plastiken, und dann wieder ganz unräumlich, erloschen Wölbung und Tiefe. Man kennt sie nicht.

Nicht ungefährlich, konstant so voranzustapfen, vielleicht, vielleicht. Es kommen kaum noch Menschen vor in dieser unfarbigen Riesenkammer.

Wie weit ich mich voranwagte! Eifer und Selbstbewusstsein passten gut zum festlichen Licht. Wie froh ich aber war, wenn ich jemanden sah! Wenn auf einmal eine Gestalt erschien, aus der Weiße ins Dasein gesprungen an einer Kurve, jemand, der sich noch tiefer hineingedrückt hatte in die still hauchende Leere. Eilig spannte sich sogleich eine Linie hin zu diesem Kopf und Körperumriss und vertrieb alle Bedenken. Dann blieb er hinter mir zurück, und ich ging wieder, den Gegendruck allein ertragend, an der Spitze.

Bis ich vor der Wahl stand, zurückzustapfen oder dem Weg links hügelan zu folgen, geradewegs in den Himmel hoch, in den dinglosen Horizont, der sich schräg über mir befand, so rundlich und gut vorbereitet der Pfad, dass ich Vertrauen fasste zu dem Schneeleib, dem glänzenden und glatten, ohne Makel bis auf die eine Spur, die für mich so breit gezogen war und auf eine vollkommen weiße Ebene führte, auf die Lichtquelle, die Weißglut zu, die hinter einer weiteren Erhebung verborgen war, aber alles sirrend überschwemmte. Ich erinnere mich, ich sagte zu mir selbst laut: »Arktischer Mittag, arktische Schneidbrenner-Mittagshelligkeit«, und ich lachte dabei vor mich hin. Die Tränen wegen der geblendeten Augen werden schnell kalt.

Ich bin das hier nicht gewohnt, kein Wunder, wenn ich anfange zu keuchen, ein Ächzen aus meinem Brustkorb. Sogar Schal und Mütze reiße ich mir ab, so heiß ist mir. Nichts als Weiß, alles am Ende gegen den Himmel hochgezogen, ein welliger Weg, rauf und runter, ich bin einige Male hingefallen. Nichts Gravierendes. Was ich aber erst spät feststelle: Ich sehe keinen Menschen mehr ringsum, wirklich keine Andeutung von jemandem, zu dem sich der noch so feine Draht einer Fernverständigung ziehen ließe. Was macht es! Es gibt ja Wege, und das ist verblüffend, alle gut gepfadelt, das schon, man muss sie fühlen, das Sehen klappt nicht. Alles ist ja überstrahlt. Eine haltlose Weiße, wohin ich blicke. Ich sage: »Nanu, nanu! Eine haltlose Weiße, wohin ich blicke.« Lauter vom Weiß geleugnete Bodenwellen. Aufgepasst, strikt auf den Weg achten, auch wenn der lockere wie der festgestampfte Schnee in die Augen beißt.

Auf einem Wegweiser stehen Namen, die mir alle unbekannt sind. Ich trinke aus einem Fläschchen einen Schluck Kräuterlikör. Aha, wohin des Wegs? Kein Grund zur Panik wegen der weißen Flächen und nichts anderem. Da entdecke ich ja auch schon einen dunklen, beweglichen Punkt, ein schwarzes Tierchen, kleiner Buchstabe, das o auf einem Blatt Papier krabbelnd, entschuldigen Sie, das auf mich zuläuft.

Sie! Sie sind es, niemand anders, der tip, tip, mit Mauseschrittchen, aber ohne Pause, während ich mich, erschöpft, nicht vom Fleck rühre, näher kommt, wie gerufen, wie auf Rädern, ein Automat, so gleichmäßig, ich kann ja im Gleißen nichts Genaues erkennen. Manchmal verschwinden Sie hinter einem Hügel, aber nein, da sind Sie ja schon wieder, ein Stückchen größer geworden und stets, egal wie steil eine Strecke ist oder wie spiegelglatt und abschüssig, mit den gleichen Trippelschrittchen, unentwegt, unverzagt. Nichts hält Sie auf, keine Verzögerung, keine Beschleunigung. Ich bin sicher, Sie sehen mich längst. Es existiert nichts anderes Dunkles oder Farbiges außer uns auf diesem gigantischen, nicht an allen Stellen straff gezogenen Laken oder Sprungtuch oder was sonst.

Wissen Sie was? Sie erinnern mich, wie Sie hier so rumwuseln, unbegreiflich, wie Sie das schaffen bei den Bodenverhältnissen, an meine alte Tante Hilde in ihrem Pelzmantel mit passenden Schuhchen, ganz Dame, auf Hufen, auf Kufen; so ihr Wunsch jedenfalls. Man denkt, die Umstehenden, damit meine ich die Berge, müssten eigentlich in Gelächter ausbrechen bei Ihrem Anblick. Was will denn so ein gutes Tantchen – denn, nicht zu vergessen, Sie tragen wahrhaftig auch eine kleine Handtasche bei sich –, und dabei ohne Verschnaufen, tipptopp, wie auf Rollen, tip, tip, aber dabei wie auf Walzen oder Schienen oder einem Transportband, so unerbittlich, was will die hier oben? Stracks legen Sie Meter um Meter zurück, und der Abstand verringert sich, ich erkenne schon deutlich Ihre große Sonnenbrille.

Ich sagte es schon mehrfach: Sie sehen in Wirklichkeit, und erst recht inzwischen, viel jünger aus. Damals aber, vor ein paar Tagen, vor einer Woche waren Sie meine alte Tante auf dem Weg zum Kaffeeklatsch, selbst zum Kaffeewärmer verkleinert, ein Hausfrauchen im Schnee, in einer arktischen Höhen- und Mittagslandschaft. Erlauben Sie mir ein Geständnis? Sie haben mir auf Anhieb Mut gemacht. Ich fing wieder an, trotz kalter Füße und Atembeschwerden, leise zu krächzen, nur so vor mich hin: »Wenn die es schafft, mit Tantenkraft, wie märchenhaft, wie unerschlafft! Das Tantchen auf der Wanderschaft steht gut im Saft.« Keinmal sind Sie gestürzt, keinmal gestolpert. Keinerlei Schwanken. Sie rollten rauf und runter und immer auf mich zu, unverwandt.

Durch welches Missverständnis war sie hierhergeraten? Hatte wohl dieses Weiß mit einem anderen verwechselt, strebte, trippelte und trappelte altgrisettenhaft unverhohlen zu mir hin, weil sie, hinter der Sonnenbrille versteckt, am Ende ihres Mutes und völlig außer sich in dieser herzlosen Fremde war?

Da kommt sie angeschnurrt. Sie lächelt im unteren Teil des Gesichts, hält das Täschchen seelenruhig, nickt und grüßt, verlangsamt die Zwergenschritte, rüstet sich zum Stoppen. Ich trete ihr ein bisschen in den Weg, um sie notfalls bei zu viel Schwung mit beiden Armen aufzufangen; sie aber winkt mich freundlich zur Seite, erkennt meine Lage, ohne anzuhalten, denkt offenbar gar nicht daran, hier eine Pause einzulegen, nicht einmal eine Sekunde stehen zu bleiben, so frohgemut stapfen ihr die Füße unterm Tantenkörper, so ruhelos auch und zielbewusst. Wäre es früher am Tag, wählte sie, dort hinauf – und weist mit dem freien, täschchenlosen Arm in eine blaue Kältezone –, den weiteren und steileren Weg. Da würde sie also, ganz allein, den Kaffeewärmerleib hinstemmen, zwischen Himmel und weiße Wölbung zwängen, in die bellende Einsamkeit! Für heute gehe sie da lang, da sei bald eine Hütte, nach der Steigung, das solle ich nur zuversichtlich glauben, sehr nah, auch wenn es unwahrscheinlich wirke in der Leere hier. So seien die Berge. Das alles, ohne das Kinn zu heben, etwas quäkend, durch den Schal hindurch.

Das falsche Tantchen kennt sich aus. Ich nicht. Sie hat es sofort gemerkt, auch ein bisschen gelacht über mich hinter der Brille, aber nicht bösartig, hat ein bisschen den Kopf geschüttelt, nicht wahr? Das haben Sie doch? Weil sie es mir vormacht, das Bessere, ohne ausdrückliche Mahnung mir vorexerziert. Nicht herumstehen im Schnee, gleichmäßig voran, zügig, nicht schnell, nicht langsam. Schon wird sie kleiner, bahnt mir den Weg, hoch gegen das Glitzern, ein schwarzes Tor im runden Glanz, als träte sie ein Spinnrad, liefe auch an einem Faden, wendet sich nicht um, surrt mühelos hügelan. Ich rühre mich noch immer nicht. Da verschwindet sie – so sinkt auf den letzten Zentimetern rasend schnell die Sonne scheinhaft ins Meer – um eine Biegung herum.

Sofort beginnt die Weiße zu klaffen, totenstill zu kläffen. Stand etwa bei jedem ihrer Schritte kurtisanenhaft »Folge mir« als Abdruck im Schnee? Schon mache ich mich auf, ihr nach, Ihnen also verwundert, erleichtert auf den Spuren. Eingeholt habe ich Sie nicht mehr, aber schon bald tauchen mit feinem Zischen die ersten Skifahrer scharf neben mir auf, ins Schweigen sichelnd.

FRANZ HOHLER

# *Die Gemmi*

Erst als der Schnellzug von Zürich, in dem ich sitze, Bern verlässt, merke ich, dass er nach Interlaken weiterfährt, wo ich gar nicht hinwill. In Spiez steige ich aus, setze mich zu einem Kaffee mit Gipfeli ins Bahnhofbuffet und nehme eine halbe Stunde später den Zug nach Brig, der von Basel kommt. Der Ortsbus in Kandersteg bedient nur einmal pro Stunde die Talstation der Seilbahn Sunnbüel, und sein Stundenmaß nimmt er an den Zürcher Zügen. Statt nochmals eine halbe Stunde zu warten, beginne ich meine Wanderung sofort und gehe durch das schattige Tal zur Seilbahnstation, die, wie der Wegweiser androht, 40 Minuten vom Bahnhof entfernt liegt. Es gelingt mir jedoch nicht recht, das unfreiwillige Teilstück zu genießen, denn ich bin etwas verstimmt über meine Unaufmerksamkeit; in meiner Familie bin ich bekannt dafür, dass ich mich mit Fahrplänen praktisch nie irre, und die Fälle, in welchen ich mich in einen falschen Zug setzte, kann ich einzeln aufzählen, jeder davon ist zu einer Anekdote geworden.

Dafür marschiere ich, um 11 Uhr bei der Bergstation angekommen, so schnell los, dass ich offenbar ein Hinweisschild übersehen habe und plötzlich oben auf einer Piste stehe, während der Winterwanderweg mit den verstreuten Winterwanderern weiter unten zu sehen ist. Ich spreche mir selbst zu, währenddem ich im Eilschritt am Pistenrand hinuntersteige. Es sei, sage ich mir, wirklich nicht von Bedeutung, ob ich eine Stunde früher oder später aufbreche, der Tag sei schön und ungewöhnlich warm, die Sonne scheine, die Wanderung sei mit 3 Stunden kurz genug, damit ich nicht zu hetzen brauche, und ich solle doch nun das Hochtal einmal anschauen, in dem ich mich fortbewege, zur Rechten durch einen lang gezogenen Felsgrat begrenzt und zur Linken durch stotzige Gipfel, von unzugänglichen Tälern durchfurcht, und den Arvenwald vor mir soll ich bitte würdigen, und die Frau, die ich jetzt gleich überholen werde, soll ich fröhlich grüßen, die sei doch mit mir in der Seilbahn gewesen und habe auf Französisch mit ihrem Handy die neusten Nachrichten durchgegeben, »je suis dans la cabine … eile est pleine …«, also höre ich mich gleich darauf überaus freundlich »Quel beau jour!« sagen, worauf ich ein »Fabuleux!« zur Antwort bekomme, gefolgt vom Zusatz, dass sie den Weg bisher nur im Sommer gekannt habe, und als ich mich mit der Entgegnung verabschiede, ich sei überhaupt noch nie auf der Gemmi gewesen, ruft sie mir nach: »Alors, une belle ballade!«, was mich daran erinnert, dass eine Wanderung auf Französisch eine Ballade ist, also etwas Dramatisches.

Und so, im Gespräch mit mir selbst und der welschen Naturfreundin, bessert sich meine Stimmung tatsächlich, und nachdem ich an der üblichen Gedenktafel vorbeigekommen bin (diesmal erinnert sie an mehrere Walliser, die 1895 bei einem Gletscherabbruch des Altels umgekommen sind, des Berges zur Linken, an dem kaum noch ein Gletscher zu erkennen ist), beginne ich mich auf das Berghotel Schwarenbach zu freuen, l'auberge de Schwarenbach, wie es in Maupassants unheimlicher Erzählung genannt wird, wo zwei den Winter dort oben verbringen und einer auf die Gemsjagd geht und nicht mehr zurückkommt, worauf ihn der andere sucht und nicht findet und später, als er ihn rufen zu hören glaubt, vor die Hütte tritt, zurückruft, horcht, wieder hineingeht und es dann draußen heulen hört, heulen und an der Tür kratzen, und in der festen Meinung, das müsse der Geist des andern sein, verbarrikadiert er den Eingang und macht nicht wieder auf, bis die Leute im Frühling heraufkommen und das Skelett des Hundes auf der Schwelle finden und, nachdem sie die Tür aufgebrochen haben, ihn selbst, hohlwangig, bärtig, weißhaarig und verrückt geworden.

Aber von derlei Dramen ist nichts zu merken heute, das Restaurant, nur zu Fuß oder per Ski erreichbar, ist gut besucht, ich esse die Tagessuppe mit zwei Schweinswürsten und kaufe zuletzt noch eine Postkarte von Tomba, der bergsteigenden Katze, die im Sommer von hier aus jeweils hinter den Touristen her auf die Dreitausender der Umgebung ging und sich unterwegs von den Schinkenbroten der ebenso verwunderten wie amüsierten Berggänger ernährte. Ich treffe am Tisch neben der Tür einen Schulkollegen, den ich seit meiner Gymnasialzeit nicht mehr gesehen habe, und verlasse dann das Berghaus, das im Schutze einer Geländeschulter aus dunklen Granitquadern gebaut ist und aussieht, als würde es jeder Lawine trotzen.

Das Wegstück zur Gemmi wird deutlich mehr begangen als dasjenige von Kandersteg her, Wintergäste kommen mit Hunden, mit Schlitten oder mit Skis bis zum Gasthaus, kehren dort ein und dann wieder um. Nach einem steilen Aufstieg – der Wind weht feine Schleier über die Schneefelder hinunter – stehe ich plötzlich auf einer Hochebene, deren Mitte die Oberfläche des gefrorenen Daubensees bildet. Welch eine Weite auf einmal, und die Menschen auf dem Spazierweg und der Rundloipe um den See sind ganz klein, und die Masten der Hochspannungsleitung vom Berner Oberland ins Wallis sind riesig, hier wird der Strom ganzer Stauseen von einem Landesteil in den andern verschoben.

Vom Daubensee zur Passhöhe gehe ich neben einer schnellen Schlittelbahn hinauf, einmal kommt mit großem Tempo ein Bub in seinen Kleidern kopfvoran dahergefahren, und hinter ihm der Plastikschlitten.

Auf dem Pass treffe ich wieder alte Bekannte, sie grüßen mich von der andern Talseite, das Weißhorn, auf dem ich vor viereinhalb Jahren die Sonnenfinsternis erlebte, und das Matterhorn, das ich vor vierzig Jahren zusammen mit meinem Bruder am Seil des legendären Bergführers Inderbinen bestieg, der inzwischen mehr als hundertjährig sein dürfte.

Die unglaublich steile Schwebebahn nach Leukerbad hinunter ist eine schwere Herausforderung an die Vernunft, und im hoch verschuldeten Badekurort, dessen früherer Gemeindepräsident wegen seiner finanziellen Machenschaften kürzlich zu einer Gefängnisstrafe verurteilt wurde, wird mein Blick so sehr vom pompösen Bau mit der noch pompöseren Inschrift RATHAUS gefesselt, dass ich die sehr viel kleinere Aufschrift »Busbahnhof« übersehe und auf der Suche nach ebendiesem bis zum Burgerbad gehe, wo sich zahlreiche Menschen im dampfenden Freibad der Wirkung des Thermalwassers hingeben. Ist sie heilend? Ist sie belebend?

Einschläfernd scheint sie mir, wenn ich die Badenden sehe, wie sie im Wasser auf Stufen sitzen oder liegen und in den blauen Winterhimmel schauen.

Kathrin Passig

# *Sie befinden sich hier*

Wenn man im Winter in eine missliche Lage gerät, weil es beispielsweise früher dunkel wird als gedacht, Schneetreiben einsetzt oder man den Weg verloren hat, gibt es zwei Möglichkeiten. Ist damit zu rechnen, dass man in absehbarer Zeit gefunden und gerettet wird, vergräbt man sich im Schnee und wartet ab. Kennt man dagegen den Weg zur nächsten Unterkunft, und ist ein Rettungseinsatz vorerst nicht zu erwarten, sollte man in Bewegung bleiben. Die Frage, was zu tun ist, wenn beides nicht zutrifft, wird in der Literatur höflich ausgespart. Ich habe mich daher für einen Kompromiss entschieden. Meine Art der Fortbewegung ähnelt ein wenig der eines Maulwurfs oder, wie ich mir vorstelle, der eines Menschen, der versucht, die Erde unter sich zu drehen. Ob ich mich bewege oder ob sich der Untergrund relativ zu mir bewegt – das Ergebnis ist in beiden Fällen dasselbe:

Ich komme ans Ziel. Letztlich würde sogar die Bewegung der Erde durch das All genügen, den Ort, an dem ich mich befinde, wieder in eine sommerliche Klimazone hineinzubefördern. Aber so lange kann ich nicht warten.

Meine punktförmige Existenz wird nicht von allein mit einem warmen Ort zusammenfallen. Ich muss mich bemühen, vom Punkt zur Linie zu werden, denn jede Linie schneidet jede andere Linie früher oder später. Für meine Zwecke ist es sogar recht günstig, dass meine verschiedenen Ziele so statischer Natur sind, denn, wie ich Anne vergeblich beizubringen versucht habe: Wenn man einander aus den Augen verliert, dürfen sich nicht beide gleichzeitig auf die Suche machen. Die rettende Berghütte wird nicht zu mir kommen, aber sie läuft auch nicht weg. Das ist ihre entscheidende Eigenschaft, die ich mir hier zunutze mache.

Huxley äußert sich ausführlich darüber, wie viel besser der Mensch doch beraten wäre, still zu Hause zu sitzen. Was dabei an Nützlichem ungetan bleibe, werde mehr als aufgewogen durch die vielen sinnlosen und schädlichen Handlungen, die vermieden würden. Heute bin ich geneigt, ihm recht zu geben. Eindeutig haben wir hier eine falsche Abzweigung eingeschlagen, aber ob sie nur wenige Stunden zurückliegt, einen halben Tag oder ein halbes Leben, kann ich nicht sagen. Wir hätten nach Berlin weiterfahren können und wären gestern Nachmittag dort angekommen. Wir hätten uns mit einer flüchtigen Ortsbesichtigung begnügen können, ohne auch nur das Auto zu verlassen. Ich hätte Annes Vorschlag Widerstand leisten können. Eine Reihe winziger Entscheidungen hat dazu geführt, dass ich jetzt hier durch den Schnee krieche.

In Berlin wird sicher nicht vor Neujahr auffallen, dass wir nicht zurückgekehrt sind; vielleicht auch erst am zweiten oder dritten Januar. Und hier hinterlassen zwei Ortsfremde, die einander im Supermarkt seltsame Markennamen vorlesen, um dann einige Keksriegel und eine Flasche Kofila zu kaufen, mit Sicherheit einen so bleibenden Eindruck wie fallende Schneeflocken. Mit Suchmannschaften mit Taschenlampen, Sprechfunkgeräten und kompetenten Hunden ist jedenfalls bis auf Weiteres nicht zu rechnen.

Es ist vermutlich besser so, denn ich kenne die peinlichen Folgen solcher Bergungsaktionen. Statt Mitgefühl wird dem Geretteten ein schlampig formulierter Beitrag in irgendeiner Mitgliederzeitschrift zuteil, in dem von Leichtsinn, mangelnder Vorbereitung und unzureichender Ausrüstung die Rede ist. Wer sich aus eigener Kraft zurück in den Schoß der Zivilisation rettet, dem verzeiht man gern, dass er sich aus freien Stücken in die Situation begeben hat, die eine Rettung erst nötig machte. Den Bericht über seine Strapazen verfasst er selbst. Es steht ihm frei, sich humorvoll, aber doch geläutert zu den eigenen Versäumnissen zu äußern und sein Verhalten in schwieriger Lage im günstigsten Licht darzustellen. Bis dahin kann ich mir eine weniger naheliegende Metapher ohne Schneeflocken zurechtlegen, um einen Sachverhalt zu illustrieren, der mir jetzt wieder entfallen ist. Anne werde ich dabei nicht erwähnen. Man soll in solchen Berichten nicht andere für das eigene Schicksal verantwortlich machen. Nicht einmal dann, wenn sie tatsächlich durch ihre mangelnde Weitsicht das ganze Unheil heraufbeschworen haben.

Verirrte Kleinkinder haben bessere Überlebenschancen als Erwachsene, denn es fehlt ihnen an der Fantasie, die nötig wäre, um den Ernst ihrer Lage zu begreifen. Sie machen weder schlechte noch gute Pläne, sie laufen nicht tagelang in die falsche Richtung, und weil sie nicht wissen, dass sie bereits tot sind, bleiben sie am Leben. Aus demselben Grund lassen sie sich auch erfroren oder ertrunken noch nach Stunden wiederbeleben. Ihr Spatzengehirn bemerkt das Fehlen von Sauerstoff gar nicht erst. Am größten ist die Gefahr dagegen, wenn man sich zwischen dem sechsten und zwölften Lebensjahr verirrt. Man ist alt genug, um einen Plan zu fassen, aber noch zu jung, um einen durchdachten von einem ungenügenden Plan zu unterscheiden. Wenn ich sterbe, nimmt dieses ganze Wissen die Form eines nutzlosen, gefrorenen Eiweißklumpens an. Im Frühjahr irgendeines

Jahres kann man meine Leiche unten im Tal aus dem Gletscher schmelzen sehen. Aber ich werde natürlich nicht sterben, und es gibt hier auch gar keinen Gletscher. Nicht zu wissen, wo man sich relativ zu anderen Punkten aufhält, ist keine Todesursache. Verwirrung ist eine Todesursache. Aber ich bin, wenn schon nicht körperlich, so doch geistig orientiert, und ein kleines rotes Dreieck markiert meinen Standort: Sie befinden sich hier.

Unten am Parkplatz hatte unser Weg beschildert und befestigt seinen Anfang genommen. Vom Wind aufgewirbelte Schneekristalle leuchteten in Spektralfarben. Der Weg verlor sich schon ein oder zwei Stunden später, oder vielleicht waren auch wir es, die den Weg verloren. Die Natur hatte ihn ausgelegt wie eine klebrige Zunge, und wir waren ihr auf den Leim gegangen. Aber wir dürfen ihr keinen bösen Willen unterstellen. Unser Überleben könnte der Natur kaum gleichgültiger sein, das wird in solchen Situationen schmerzlich spürbar. Wie das Desinteresse eines Menschen, von dem man geliebt werden möchte, muss man ihre Gleichgültigkeit stoisch ertragen. Die Zeit arbeitet für mich.

Verirrte sterben häufig bereits in der ersten Nacht im Freien, obwohl sie, gemessen an ihrer Ausrüstung und körperlichen Konstitution, in der Lage sein müssten, mindestens einige Tage zu überleben. Nicht Kälte oder Erschöpfung werden ihnen zum Verhängnis, sondern Verzweiflung und schlechte Planung. Aber ich habe in der letzten Nacht bereits unter Beweis gestellt, dass ich nicht aus Enttäuschung über das mangelnde Mitgefühl der Natur zu versterben gedenke. Es war eine lange Wartepause im Windschatten eines Felsblocks, an die ich mich jetzt kaum noch erinnere, ähnlich, wie man sich an einen überstandenen Schmerz nur abstrakt und undeutlich erinnert. Alles eine Frage der Selbstbeherrschung, der richtigen Einstellung.

Natürlich ist es wichtig, den Verstand, der wie ein Hund lieber hierhin und dorthin streunen möchte, an die kurze Leine zu nehmen und nicht zuzulassen, dass er Schemen nachjagt. Abenteuerbücher für leichtgläubige Leser berichten immer wieder von schattenhaften Begleitern, mit denen die durch Kälte oder Einsamkeit verwirrten Wanderer ihren Proviant zu teilen versuchen. Tatsächlich habe ich genau zwei Erwähnungen dieses Phänomens in zuverlässigen Quellen gefunden, nämlich in einer berühmten Bergsteigerbiografie, an deren Titel ich mich gerade nicht erinnern kann, und in einem Bericht Amundsens über seine Überquerung der Gletscher Südgeorgiens. Ich bin mir allerdings nicht sicher, ob da nicht irgendeine Verwechslung mit Nansen vorliegt. Abgesehen von diesen kleineren Gedächtnisausfällen bin ich bei klarem Verstand und stelle statt der Anwesenheit eines Dritten vielmehr die Abwesenheit einer

Zweiten fest. Anne ist nicht mehr da. Ich komme sehr gut ohne sie zurecht, besser sogar. Ich hätte sie gar nicht erst mitnehmen sollen, das wäre am besten gewesen. Ohne Anne könnte ich längst in Berlin sein, an einem gut beheizten und von Menschen für Menschen gestalteten Ort. Meine Vorfahren haben viele Tausend Jahre daran gearbeitet, nicht mehr unbehaust in Kälte, Schnee und Nebel herumkriechen zu müssen – es ist mein gutes Recht, von ihren Leistungen zu profitieren. Aber ich hätte es wissen müssen, denn Anne hat in ihrem ganzen Leben keine vernünftige Karte gekauft. Situationen, in denen ein Maßstab von 1:500 000 nicht mehr ausreicht, kommen in ihrem beschränkten Weltbild nicht vor.

Immerhin profitiere ich von den Leistungen anderer insofern, als ich eine hochprofessionelle Winterjacke trage, ein wahres Wunderwerk an Wind- und Wasserdichtigkeit. Ich erinnere mich zwar nicht, was mich dazu bewogen hat, dieses für Berliner Winterverhältnisse völlig überqualifizierte Kleidungsstück zu erwerben, aber ich bin zufrieden mit meiner längst vergessenen Entscheidung. Wer eine solche Jacke hat, der braucht kein Haus. Wen kümmern ihre hässlichen rostbraunen Flecken und ihre undichten Nähte? Es ist nämlich tatsächlich so, ich habe diese Frage mittlerweile geklärt, dass manche Schneeflocken die Form kleiner weißer Federn haben, weil sie kleine weiße Federn sind.

Diese Feststellung hat mich einige Zeit gekostet, denn meine ganze Umgebung ist von irritierender Einfarbigkeit. Aber es ist nicht das strahlende Weiß der Landschaft, die gestern so anziehend wirkte. Es ist ein fahler, breiiger Ton, in dem jeder Kontrast versickert. Irgendwo unter mir muss Svatý Petr oder Sankt Peter liegen, aber bevor ich mir Gedanken über Feinheiten der Namensgebung mache, muss ich diesen namenlosen Ort verlassen. Es ist dem Menschen nicht zuträglich, sich an Orten ohne Namen aufzuhalten. Deshalb hatten auch Entdecker nichts Eiligeres zu tun, als jede neue Landschaftsformation nach ihrer Frau oder dem deutschen Kaiser zu benennen.

Eskimos haben, wie einfallslose Mitmenschen an dieser Stelle gern in die Konversation einwerfen, unzählige Wörter für Schnee. Vermutlich soll damit auf die abgestumpfte Naturwahrnehmung des Stadtbewohners hingewiesen werden. Ich habe keine Geduld mit den Nachbetern dieser banalen Behauptung. Die Eskimosprachen sind polysynthetisch, was bedeutet, dass selbst selten gebrauchte Wendungen wie »Schnee, der auf ein rotes T-Shirt fällt« in einem einzigen Wort zusammengefasst werden. Es ist so ermüdend, das immer wieder erklären zu müssen.

Vor meinen Augen entsteht gerade eine neue Art Schnee, nämlich Schnee-durch-den-sich-ein-magerer-Hase-arbeitet. Ich hoffe für den Hasen, dass er ein bestimmtes Ziel vor Augen hat, auch wenn ich mir kaum vorstellen kann, dass sich ein solcher Energieaufwand für ein verdorrtes Stück Flechte lohnt. Ähnlich schwer nachvollziehbar mag wiederum dem Hasen erscheinen, warum ich mich hier durch den Schnee wühle. Ich sage »Hase«, dabei ist durchaus denkbar, dass es sich um ein Kaninchen handelt. Kaum jemand weiß, dass Hasen und Kaninchen nicht schwer voneinander zu unterscheiden sind; sie sind nicht einmal miteinander verwandt. Kaninchen sind Höhlenbewohner und gehören zu den Nagetieren, Hasen zu den Hasenartigen. Aber heute kann auch ich nicht sagen, um was für ein Tier es sich handelte, denn es war so weiß wie seine Umgebung, im Grunde also unsichtbar.

Mit dem Verschwinden des weißen Hasenkaninchens überkommt mich ein merkwürdiges Gefühl, das ich aus meiner Kindheit kenne. Es ähnelt ein wenig dem Gefühl, eine schwere Metallkugel in der Hand zu halten, nur erstreckt es sich auf den ganzen Körper, vor allem auf der Zunge und dem Gaumen breitet sich die nicht unangenehme Empfindung aus. Es muss sich doch um ein Kaninchen gehandelt haben, denn das lateinische cuniculus bezeichnet nicht nur das Tier, sondern auch dessen Höhle, und auf diese Höhle weist das Auftauchen des Kaninchens hin, das ist mir nicht entgangen. Außerdem waren die Ohren viel zu kurz für einen Hasen. Wenn alle Richtungen gleich aussehen, ist eine so gut wie die andere, daher würde ich dem weißen Kaninchen bereitwillig folgen, wenn es nicht ohnehin in die Richtung gelaufen wäre, die mein Plan vorsieht.

Ich glaube übrigens nicht, dass es im Riesengebirge überhaupt Kaninchen gibt, die sich im Winter weiß färben. Aber das Tier machte einen ausgesprochen realen Eindruck, und ich würde hoffentlich ein besseres, weniger ungelenkes und mageres Kaninchen herbeihalluzinieren, wenn ich mir davon Aussicht auf Rettung verspräche. Aus der Tatsache, dass sich, abgesehen von dem Tier, in den letzten Stunden keine plausiblen Kandidaten für Halluzinationen eingestellt haben, schließe ich, dass in meinem Körper alles nach Plan läuft. Wir kommen schon zurecht, auch ohne Blendwerk. Hauptsache, man bleibt in Bewegung. Deshalb erzeuge ich geduldig aus Schnee-der-vor-mir-liegt Schnee-der-hinter-mir-liegt. Es ist alles eine Frage der Zeit und der Hingabe. Wenn ich genug Zeit hätte, könnte ich allen Schnee der Welt in Schnee-der-hinter-mir-liegt verwandeln, ihn hinter mir wieder glatt streichen und jede Spur meiner Durchreise tilgen. Aber ich bin etwas in Eile, und meine Hände, willige Helfer bis vor wenigen Stunden, sträuben sich jetzt gegen mich, als hätte ich ihre Loyalität überstrapaziert. Auch zu den Füßen ist der Kontakt abgerissen, aber bei meiner Fortbewegungsart habe ich ohnehin keine Verwendung für sie. Lähmung ist hinderlich für das Bein, so steht es bei Epiktet oder Joe Simpson, aber nicht für mich. Die Beine werden selbst zusehen müssen, wie sie zurechtkommen, ich kann mich heute nicht um alles kümmern.

Man kann uns kaum vorwerfen, dass wir unvorbereitet waren. Anne besaß eine Seite aus einem kostenlosen Tourismusprospekt, auf der immerhin der Anfang dessen, was wir für unseren Weg hielten, eingezeichnet war. Und ich besitze immer noch ein Digitalfoto der im Ort ausgehängten Winterwanderkarte, an dem ich mich orientieren könnte, wenn meine Kamera nicht die Angewohnheit hätte, bei niedrigen Temperaturen die Arbeit einzustellen. Natürlich müsste ich außerdem in der Lage sein, den Reißverschluss meiner Tasche zu öffnen und die Kamera zu bedienen, und schließlich scheint auch der Begriff der Orientierung eine gewisse Vorstellung von dem Punkt, an dem man sich befindet, zu beinhalten. Es ist, wie Anne zu sagen pflegt: »Wenn wir jetzt Schinken hätten, könnten wir Rührei mit Schinken machen, wenn wir Eier hätten.« Davon abgesehen, möchte ich ungern die Handschuhe ausziehen, da der Vorgang des Handschuhausziehens zwar ein einfacher, seine Umkehrung jedoch auch dann nicht einfach ist, wenn die Hände kooperieren. Merkwürdig, dass es so viele nicht reversible Prozesse auf der Welt gibt. Bei genauerer Betrachtung stellt sich heraus, dass Umkehrbarkeit generell die Ausnahme darstellt und nicht die Regel, wie man es in einem vernünftig gestaltteten Universum erwarten möchte. Die Tatsache, dass meine Finger bereits jetzt nicht mehr in der Lage sind, einen einfachen Reißverschluss zu bedienen, gibt mir jedenfalls zu denken. Ich weiß über Erfrierungen Bescheid, und es ist ohne Weiteres möglich, dass sich mir diese Fähigkeit nicht nur heute, sondern für immer entzieht. Verschließt, bin ich versucht zu sagen. Ich werde mir vorsorglich eine Antwort auf die Frage nach fehlenden Fingern oder Fingergliedern zurechtlegen, eine Antwort, die nichts mit Annes habitueller Verkennung von Gefahrensituationen zu tun hat. Hätte ich in meiner unzugänglichen Tasche statt einer Digitalkamera einen Handwärmer, könnte man später immerhin Catch-22-Probleme im Alltag erörtern. Ich glaube, ich werde einen Handwärmer hinzuerfinden.

Mein eigener Großvater ist nach Kriegsende wochenlang nachts durch Tschechien gewandert, um in amerikanische Kriegsgefangenschaft zu gelangen. Ich bezweifle, dass ihm besseres Kartenmaterial zur Verfügung stand als unsere Gratis-Wanderkarte, zudem war es ja dunkel. Er muss die Gene, die ihn dazu befähigten, an mich weitergegeben haben. Nein, bei näherer Betrachtung kann ich mich auf diese Überlegung nicht verlassen, denn mein Vater war zu diesem Zeitpunkt bereits gezeugt. Oder lassen sich daraus überhaupt keine Schlussfolgerungen ableiten? Die Frage wird später zu klären sein; vorerst muss ich diese Wanderung zu Ende bringen, ohne auf die Gene meines Großvaters zurückzugreifen. Natürlich bin ich letztlich nicht auf das Foto der Wanderkarte angewiesen, denn auch mein Gehirn hat ein Abbild jener Tafel in ihrem hölzernen Triptychon gespeichert. Und im Unterschied zur Kamera funktioniert es auch bei Kälte ausgezeichnet. So weiß ich, dass die Berghütten mit ihren rührend altmodischen Namen rund um uns herum so zahlreich stehen, dass sie selbst ohne Karte und im Schneetreiben kaum zu verfehlen sind: Erlebachbaude, Weißwassergrundbaude, Geiergucke, Wiesenbaude. Irgendwo zur Rechten des Weges liegt das schöne, aber auch ein wenig beunruhigende Modrý Důl. Da ich kein Tschechisch verstehe, kann es sich dabei statt um einen Ort ebenso gut um einen Hinweis an den Wanderer handeln: Hic sunt leones. Verlassen wir uns also besser nicht auf Modrý Důl und halten uns an die Hütten, die man zuvorkommenderweise oben auf Bergen zu erbauen pflegt, wo sie leicht zu finden sind. Ich weiß das zu schätzen, denn in dem grauweißen Nichts, das mich umgibt, sind die Himmelsrichtungen Oben und Unten alles, woran ich mich halten kann.

Und das sind bereits zwei Richtungen mehr als in der letzten Nacht, in der der Schnee waagerecht und in großer Eile an uns vorbeifegte. Eng aneinandergedrängt an unserem Felsblock, beobachteten wir den Schnee aus zusammengekniffenen Augen, wie man an einem Bahnübergang einen Güterzug aus nächster Nähe vorbeirasen sieht. Alle Waggons waren mit Schnee gefüllt, und der Zug nahm und nahm kein Ende. Die Schranke wollte sich nicht mehr heben. Wer hätte dieser friedlichen Landschaft solche Exzesse zugetraut? Ein Tropfen Blut löst sich von meiner Stirn und versinkt einige Zentimeter tief im Schnee. Skorbut, die Geißel der Polarforschung, führt bekanntlich zum Wiederaufbrechen alter Wunden, aber ich kann in dieser Hinsicht ganz unbesorgt sein, denn es handelt sich um einen so frischen wie harmlosen Kratzer. Ich beobachte den Vorgang aufmerksam, seiner ungewohnten Farbigkeit wegen. Der erstarrte Tropfen hat die Form von Annes T-Shirt angenommen, oder war es Annes Anorak? Hat sie überhaupt ein rotes Kleidungsstück getragen? Entfernungen sind bei diesen Lichtverhältnissen schwer einzuschätzen, und wenn ich den Tropfen auf eine bestimmte Weise fixiere, kann ich in der Ferne die vollständige Anne erkennen.

Nachdem ich sie so eine Weile eingehend betrachtet habe, muss ich mir der intellektuellen Redlichkeit halber die Frage stellen, ob ich womöglich doch ganz ohne Annes Schuld, überhaupt ohne Anne hier gestrandet bin. Zugegeben, die Überlegung drängt sich schon seit geraumer Zeit auf. Hätte Anne sich nicht durch irgendeine eigene Regung bemerkbar machen müssen, wenn sie eine von der meinen unabhängige Existenz führte? Ihr Name ähnelt verdächtig dem meiner Schwester Annette oder wirkt doch jedenfalls einfallslos, ein beliebiger Frauenname mit A. Fragt man Menschen nach einer Farbe, antworten sie »Rot«, bittet man sie, ein Werkzeug zu nennen, sagen sie »Stein«. Nein, nicht Stein, ich glaube, man sagt »Hammer«. Auf die Frage nach einem Frauennamen würden neunzig Prozent wahrscheinlich mit »Anne« antworten. Das alles beweist natürlich noch gar nichts.

Aber es war nicht Anne, die ihre Handschuhe im Auto gelassen hat. Ich war es. Ich wollte die Hände in die Hosentaschen stecken, ein, zwei Stunden durch den Schnee zu einer tschechischen Hütte schlendern und dort ein Glas Glühwein einnehmen. Für den Rückweg würde es hier in dieser gut erschlossenen Gegend vielleicht sogar einen Sessellift geben. So hatte ich mir den Nachmittag vorgestellt, und wer selbst noch nie so gedacht hat, werfe den ersten Stein. Im Land des Glühweins und der Sessellifte sind alle diese Überlegungen unschädlich und zulässig. Aber es berührt an vielen Stellen ein Land, in dem andere Regeln gelten. Im Laufe dieser Wanderung habe ich dessen Grenze überquert und finde jetzt den Weg zurück nicht mehr. Das ist weniger problematisch, als es klingt, denn ich will gar nicht zurück. Mein Plan sieht vielmehr einen kühnen Vorstoß nach vorne und oben vor, und die Abschaffung Annes ist nur ein Teil dieses Plans. Mein Gedankenkreislauf beschränkt sich immer mehr auf das Nötigste, so wie der Blutkreislauf nur noch zentral gelegene Organe versorgt. Ich kann mir keine unnützen Gedanken leisten, die meine Energievorräte aufzehren. Ich muss mich konzentrieren, wenn die holzwurmgleiche Spur, die ich durch die Landschaft ziehe, heute noch ein Ende finden soll.

Mir ist, als hätte ich meine Lage vorhin mit dem Begriff »gestrandet« beschrieben, dessen sommerliche Konnotationen hier ganz unangemessen sind. Man erkennt daran die Vernunft früherer Generationen, die hin und wieder Schiffbruch erlitten, aber nicht ohne Not Berge zu besteigen pflegten, schon gar nicht im Winter. Dabei sind wir nicht einmal über die Baumgrenze hinausgelangt. Wenn sich die Lichtverhältnisse bessern, erkenne ich kleine, bucklige Kiefern. Vielleicht sind es aber auch dunkle Flecken. An dieser Stelle könnte ich erwähnen, dass die Birke der einzige Baum war, den Anne erkennen konnte, aber ich weiß es jetzt besser. Meine schlecht verwischte Spur im Schnee ist die Spur eines einzelnen Menschen. Mag sein, dass sich meine Erinnerungen vermischen, sicher habe ich irgendwann einmal mit Anne im Winter einen Berg bestiegen, aber das muss länger zurückliegen als nur eine Nacht und einen Nachmittag. Es passt zu den übrigen sinnlosen Bildern. Was soll ich in meiner Lage mit der Außenansicht einer bayrischen Apotheke anfangen, in der ich vor fünfzehn Jahren eine Zahnbürste erworben habe? Was will die junge, schwarzweiße Katze, der mein Grundschullehrer vor den Augen der Klasse einen Tritt versetzt? Birgt die Erinnerung an ein unleserlich beschildertes Stück Autobahn irgendeinen latenten Sinn, den ich nur nicht mehr entschlüsseln kann? Vielleicht zieht längst mein Leben in einer geordneten und cineastisch wertvollen Darstellung an mir vorbei, aber ich bin intellektuell nicht mehr in der Lage, dem Film zu folgen.

Es hätte schlimmer kommen können. Immerhin habe ich nicht versucht, meinen Proviant mit der nicht vorhandenen Anne zu teilen. Das wäre umso schwieriger gewesen, als die vier tschechischen Keksriegel in ihren Jackentaschen steckten, nicht in meinen. Nein, hier geraten mir zwei Gedanken durcheinander, was unter diesen Umständen vermutlich normal ist und niemanden weiter beunruhigen muss. Ich muss nur die richtigen von den falschen Gedanken trennen wie die Schneeflocken von den Federn. Annes Jackentaschen sind jetzt meine Jackentaschen. Sie mögen unzugänglich sein – ich werde dem Hersteller später meine Überlegungen zu Reißverschlüssen mitteilen müssen –, aber es sind meine Jackentaschen und meine Keksriegel. Ich muss sie mit niemandem teilen.

Ich werde versuchen, mein Gesicht vorübergehend in den Ausschnitt meiner Jacke zu stecken wie ein

Gürteltier oder ein Igel. Zum einen ist der Kopf für die Hälfte des Wärmeverlustes verantwortlich, zum anderen hoffe ich, so meine Gedankengänge wieder in Ordnung zu bringen. Gut wäre es, Winterschlaf zu halten wie ein Igel, meinen Herzschlag und meine Atmung so weit zu verlangsamen, dass ich erst im Frühjahr wieder aufwache, abgemagert, aber intakt. Nansen und Johansen haben es in ihrer Erdhöhle auf Franz-Josef-Land nicht anders gehalten.

Meine Innenwelt ist nur unwesentlich wärmer als meine Umgebung. Sie ist schwarz statt weiß, und unter meiner Jacke trage ich eine weitere Jacke. Wahrscheinlich kommt darunter eine dritte Jacke, und so weiter. Ich mache mich rund und halte die Angriffsfläche für die Kälte so klein wie möglich, körperlich wie geistig. Allerdings kondensiert in dieser Stellung die Feuchtigkeit meiner Atemluft im Inneren meines Gehäuses. Das Weiße darf sich nicht mit dem Schwarzen vermischen, darauf muss ich achten.

Außerdem habe ich keine Zeit für Introspektion, ich muss mich mit der Außenwelt und ihren weißen Tieren arrangieren. Es sind die Oberflächen, die mich angehen, unberührte, abweisende Oberflächen. Es gibt Outdoorjacken aus Stoffen, von denen selbst die widerwärtigsten Flüssigkeiten spurlos abperlen, ich habe das mit eigenen Augen gesehen. Es gibt Tiere, die den antarktischen Winter barfuß auf dem Eis verbringen, es gibt argentinische Rugbyspieler, die nach einem Flugzeugabsturz siebzig Tage in den Anden überlebt haben. Das alles ist nicht so schwierig, wie es manchmal scheint. Ich habe schon im Laufe der Nacht aufgehört zu zittern.

Vor meinen Augen steigt ein Nachbild der fallenden Schneeflocken nach oben. Schnee-Antimaterie hebt alles Geschehene auf. Das Auftauchen schwarzer Tiere vor diesem Hintergrund würde meinen Hasen endgültig disqualifizieren, es sei denn, er wäre wie das Schaf des Mathematikers nur auf einer Seite weiß gewesen. Aber ich muss dieses fragile Gleichgewicht stören, den Kopf aus meinem Daunengefieder ziehen und mich wieder an die Arbeit machen. Gleich, wenn ich so weit bin. In wenigen Minuten.

Hinter mir könnte man im Windschatten des Felsblocks immer noch Annes nackten Arm und einen Teil ihres roten T-Shirts erkennen. Aber das ist eine rein hypothetische Überlegung, denn ich werde mich auf keinen Fall umdrehen. Anne ist zum Punkt geworden, ich bin eine Linie. Ich komme voran.

## Ernest Hemingway

# *Winter in Schruns*

Wir fuhren nach Schruns im österreichischen Vorarlberg. Nachdem man die Schweiz durchquert hatte, gelangte man bei Feldkirch an die österreichische Grenze. Der Zug fuhr durch Liechtenstein und hielt in Bludenz, von wo eine kleine Nebenstrecke an einem kieseligen Forellenbach entlang durch ein Tal mit Bauernhöfen und Wäldern nach Schruns führte, ein sonniges Marktstädtchen mit Sägewerken, Geschäften, Gasthäusern und einem guten, das ganze Jahr über geöffneten Hotel, das Taube hieß. Dort wohnten wir.

Die Zimmer in der Taube waren geräumig und gemütlich ausgestattet mit großen Öfen, großen Fenstern und großen Betten mit guten Decken und Federbetten. Die Mahlzeiten waren einfach und vorzüglich, und der Speiseraum und die Weinstube mit ihren Holzdielen waren gut beheizt und freundlich.

Das Tal war breit und offen, sodass man viel Sonne hatte. Wir bezahlten für uns drei etwa zwei Dollar am Tag für Unterkunft und Verpflegung, und da der österreichische Schilling durch die Inflation an Wert verlor, wurde es für uns immer billiger. Inflation und Armut waren dort nicht so verheerend wie in Deutschland. Der Schilling ging rauf und runter; insgesamt aber runter.

In Schruns gab es weder Skilifte noch Seilbahnen; nur Holzabfuhrwege und Viehsteige, die durch verschiedene Täler ins Hochgebirge führten. Zuerst trugst du deine Skier und stiegst zu Fuß hinauf, und weiter oben, wo der Schnee zu tief war, befestigtest du Seehundsfelle unter den Skiern und stiegst damit weiter. Ganz oben in den Hochtälern gab es große Bergsteigerhütten des Alpenvereins, in denen du übernachten konntest und für das Holz, das du verheiztest, etwas Geld daließt. Manchmal musstest du auch dein eigenes Holz mitbringen, oder wenn du eine lange Wanderung durchs Hochgebirge und über die Gletscher vorhattest, heuertest du jemanden an, der Holz und Vorräte hinaufschaffte, und richtetest ein Basislager ein. Die bekanntesten dieser hochgelegenen Hütten waren die Lindauer Hütte, das Madlener Haus und die Wiesbadener Hütte.

Hinter dem Hotel Taube gab es eine Art Übungshang, der durch Obstgärten und Felder führte, und ein anderer guter Hang lag hinter Tschagguns auf der anderen Seite des Tals, wo es ein schönes Gasthaus mit einer wunderbaren Sammlung von Gämsenhörnern an den Wänden der Schankstube gab. Jenseits des Holzfällerdorfs Tschagguns am anderen Ende des Tals waren bis ganz nach oben hin gute Möglichkeiten zum Skilaufen, und oben angekommen, gelangtest du über die Silvretta ins Gebiet von Klosters.

Schruns war ein wunderbarer Ort für Bumby; wir hatten ein sehr dunkelhaariges schönes Mädchen gefunden, das mit ihm draußen in der Sonne Schlitten fuhr und auf ihn aufpasste, und Hadley und ich hatten all das neue Land und die neuen Dörfer kennenzulernen, und die Leute im Ort waren sehr freundlich. Herr Walther Lent, der ein Pionier des Skilaufens im Hochgebirge war und als ehemaliger Partner von Hannes Schneider, dem großen Skiläufer aus Arlberg, Skiwachs zum Klettern und für alle Schneebedingungen hergestellt hatte, machte gerade eine Schule für alpines Skilaufen auf, in der wir beide uns anmeldeten. Walther Lents Methode bestand darin, mit seinen Schülern so bald als möglich die Übungshänge zu verlassen und auf Tour ins Hochgebirge zu gehen. Damals war Skilaufen noch etwas anderes als heute, Spiralfrakturen kamen noch nicht häufig vor, und ein gebrochenes Bein konnte sich niemand leisten. Eine Bergwacht gab es nicht. Wolltest du irgendwo hinunterfahren, musstest du zunächst dort hinaufklettern, und du konntest nur so oft hinunterfahren, wie du hinaufklettern konntest. Davon bekamst du die Beine, die du für die Abfahrt brauchtest.

Für Walther Lent bestand das Vergnügen am Skilaufen darin, in die höchsten Gebirgsregionen aufzusteigen, wo sonst niemand hinkam und der Schnee unberührt war, und dann über die Pässe und Gletscher der Alpen von einer Alpenvereinshütte zur anderen zu wandern. Du durftest keine Bindung haben, mit der du dir bei einem Sturz das Bein brachst. Der Ski musste sich lösen, bevor er dir das Bein brach. Am meisten liebte er das Skilaufen über Gletscher, unangeseilt, aber damit mussten wir bis zum Frühling warten, wenn die Spalten genügend bedeckt waren.

Hadley und ich liebten das Skilaufen, seit wir es zum ersten Mal gemeinsam in der Schweiz und dann in Cortina d'Ampezzo in den Dolomiten versucht hatten, als Bumby schon unterwegs war und der Arzt ihr erlaubt hatte, weiter Ski zu laufen, falls ich versprach, dass sie nicht stürzen würde. Dazu mussten das Gelände und die Abfahrten sehr sorgsam ausgewählt werden, und sie durfte sich beim Laufen keine Fehler erlauben, aber sie hatte schöne, wunderbar starke Beine und beherrschte ihre Skier vollkommen, und so stürzte sie nicht. Sie stürzte so wenig, wie sie beim nicht angeseilten Gletscherlaufen stürzte. Wir alle kannten die unterschiedlichen Schneebedingungen, und alle wussten, wie man in tiefem Pulverschnee laufen musste.

Vorarlberg und Schruns gefielen uns sehr. Wir fuhren um die Thanksgiving-Zeit hin und blieben bis kurz vor Ostern. Du konntest dort immer Ski laufen, allerdings musstest du dazu, außer in sehr schneereichen Wintern, erst einmal klettern, weil Schruns für einen Skiort nicht hoch genug lag. Aber das Klettern machte Spaß, und damals störte sich niemand daran. Du schlugst ein bestimmtes Tempo an, deutlich langsamer als du eigentlich hättest klettern können, und dann war es ganz einfach, und das Herz fühlte sich gut an, und du warst stolz darauf, wie schwer der Rucksack war. Ein Teil des Aufstiegs zum Madlener Haus war steil und sehr schwer. Aber wenn du die Strecke zum zweiten Mal gingst, war es leichter, und am Ende schafftest du sie mit dem Doppelten des Gewichts, das du beim ersten Mal getragen hattest.

Wir hatten immer Hunger, und jede Mahlzeit war ein großes Ereignis. Wir tranken helles oder dunkles Bier, junge Weine und Weine, die manchmal ein Jahr alt waren. Am besten waren die Weißweine. Es gab auch anderes zu trinken, wunderbaren Kirsch, der im Tal hergestellt wurde, und Enzian, der aus Gebirgsenzian gebrannt wurde. Manchmal gab es zum Essen Hasenpfeffer mit einer kräftigen Rotweinsauce, und manchmal gab es Wildbret mit Kastaniensauce. Dazu tranken wir Rotwein, auch wenn der teurer war als Weißwein, und der beste kostete zwanzig Cent den

Liter. Gewöhnlicher Rotwein war viel billiger, und den nahmen wir in Fässchen zum Madlener Haus mit.

Wir hatten einen Vorrat an Büchern, die Sylvia Beach uns über den Winter mitzunehmen erlaubt hatte, und wir konnten mit den Dorfbewohnern auf der Bahn kegeln, die auf den Sommergarten des Hotels hinausging. Ein- oder zweimal die Woche wurde im Speiseraum des Hotels gepokert, dazu wurden alle Fensterläden zugemacht und die Tür abgeschlossen. Glücksspiel war damals in Österreich verboten, und ich spielte mit Herrn Nels, dem Hotelbesitzer, Herrn Lent von der Skischule, einem Bankbeamten aus dem Ort, dem Staatsanwalt und dem Hauptmann der Gendarmerie. Man spielte verbissen, und sie alle waren gute Pokerspieler, nur dass Herr Lent zu hektisch spielte, weil er mit der Skischule überhaupt kein Geld verdiente. Der Gendarmeriehauptmann hob den Finger ans Ohr, wenn er hörte, dass die zwei Gendarmen auf ihrer Runde draußen vor der Tür stehen blieben, und dann schwiegen wir, bis sie wieder gegangen waren.

Sobald es in der Kälte des Morgens hell wurde, kam das Zimmermädchen herein und schloss die Fenster und machte Feuer in dem großen Porzellanofen. Dann wurde es warm im Zimmer, und es gab Frühstück, frisches Brot oder Toast mit köstlichen Marmeladen und große Schalen Kaffee, frische Eier und wunderbaren Schinken, wenn man wollte. Es gab einen Hund, der hieß Schnauz und schlief am Fußende unseres Bettes und begleitete uns gern auf unseren Skiwanderungen, und wenn ich bergab fuhr, trug ich ihn auf dem Rücken oder über der Schulter. Er war auch Mr Bumbys Freund und ging mit ihm und dem Kindermädchen neben dem kleinen Schlitten spazieren.

Schruns war ein guter Ort zum Arbeiten. Das weiß ich, weil ich dort im Winter 1925/1926 die schwierigste Revision eines Textes schaffte, die ich mir jemals vorgenommen habe, als ich die erste Fassung von *Fiesta*, die ich innerhalb von sechs Wochen in einem Rutsch geschrieben hatte, zu einem Roman umarbeitete. Aber ich kann mich nicht erinnern, welche Erzählungen ich dort geschrieben habe. Es waren jedoch einige, die mir gut gelungen sind.

Ich weiß noch, wie der Schnee auf der Straße zum Dorf knirschte, wenn du abends in der Kälte mit den Skiern und Skistöcken auf den Schultern nach Hause gingst und die Lichter und endlich dann auch die Häuser sahst, und wie jedermann auf der Straße »Grüß Gott« zu dir sagte. In der Weinstube saßen immer Einheimische in Nagelstiefeln und Gebirgstracht, und die Luft war voller Rauch und der Holzboden von den Nägeln zerkratzt. Viele der jungen Männer hatten in den österreichischen Alpenregimentern gedient, und einer, der Hans hieß und im Sägewerk arbeitete und ein berühmter Jäger war, wurde mein guter Freund, weil wir beide in derselben Gebirgsregion in Italien gewesen waren. Wir tranken zusammen und sangen Lieder aus den Bergen.

Ich erinnere mich an die Pfade durch die Obstgärten und Felder der Bauernhöfe oberhalb des Dorfes und die warmen Bauernhäuser mit ihren großen Öfen und den gewaltigen Holzstapeln im Schnee. Die Frauen arbeiteten in der Küche, krempelten und spannen Wolle zu grauem und schwarzem Garn. Die Spinnräder wurden mit einer Tretkurbel angetrieben, und das Garn war nicht gefärbt. Das schwarze Garn stammte von der Wolle schwarzer Schafe. Die Wolle blieb im Naturzustand, auch das Fett wurde nicht entfernt, und die Mützen und Pullover und langen Schals, die Hadley daraus strickte, wurden im Schnee niemals feucht.

Einmal wurde zu Weihnachten unter der Leitung des Schullehrers ein Stück von Hans Sachs aufgeführt. Das Stück war gut, und ich schrieb für die Lokalzeitung eine Besprechung, die vom Hotelbesitzer übersetzt wurde. In einem anderen Jahr kam ein ehemaliger deutscher Marineoffizier mit kahlrasiertem Kopf und Narben und hielt einen Vortrag mit Lichtbildern über den großen und zu wenig gewürdigten Sieg der Deutschen in der Schlacht von Jütland. Die Lichtbilder zeigten die Bewegungen der zwei Schlachtflotten, und der Marineoffizier benutzte ein Billardqueue als Zeigestab, wenn er auf die Feigheit Jellicoes hinwies, und manchmal wurde er so wütend, dass sich seine Stimme überschlug. Der Schullehrer fürchtete, er werde noch das Queue durch die Leinwand stechen. Auch anschließend konnte sich der ehemalige Marineoffizier nicht beruhigen, und allen in der Weinstube war unbehaglich zumute. Nur der Staatsanwalt und der Bankbeamte tranken mit ihm, und sie saßen an einem abgesonderten Tisch. Herr Lent, der aus dem Rheinland stammte, hatte sich den Vortrag nicht angehört. Ein Paar aus Wien war da, die beiden waren zum Skilaufen gekommen, wollten aber nicht so hoch in die Berge steigen und deshalb nach Zürs weiterreisen, wo sie, wie ich später erfuhr, von einer Lawine getötet wurden. Der Mann sagte, der Redner sei eines dieser Schweine, die Deutschland in den Ruin getrieben hätten, und in zwanzig Jahren würden sie es wieder tun. Seine Begleiterin sagte auf Französisch, er solle den Mund halten, in einem so kleinen Ort könne man nie wissen.

Das war das Jahr, in dem sehr viele Leute bei Lawinenunglücken ums Leben kamen. Die erste große Katastrophe ereignete sich in unserem Nachbartal, in Lech am Arlberg. Eine Gruppe Deutscher hatte sich bei Herrn Lent für die Weihnachtsferien zum Skilaufen angekündigt. In diesem Jahr kam der Schnee erst spät, und die Hügel und Berghänge waren noch warm von der Sonne, als es dann stark zu schneien begann. Der Schnee war tief und pulvrig und haftete nicht am Boden. Das waren fürs Skilaufen äußerst gefährliche Bedingungen, und Herr Lent hatte den Berlinern telegraphiert, sie sollten nicht kommen. Aber sie hatten nun einmal Urlaub und keine Ahnung und fürchteten sich nicht vor Lawinen. Als sie in Lech eintrafen, weigerte sich Herr Lent, mit ihnen loszuziehen. Einer der Männer beschimpfte ihn als Feigling, und sie sagten, dann würden sie eben allein gehen. Schließlich brachte er sie zum sichersten Hang, den er finden konnte. Er überquerte ihn als Erster, und als sie ihm folgten, stürzte der ganze Hang wie eine gewaltige Flutwelle über sie herein. Dreizehn wurden ausgegraben, neun von ihnen waren tot. Die Skischule hatte schon vorher nicht floriert, und danach waren wir praktisch die Einzigen, die da noch mitmachten. Viele Leute wurden in diesem Jahr am Arlberg von Lawinen getötet, und wir wurden richtige Experten in Sachen Lawinen; die verschiedenen Arten von Lawinen, wie man ihnen ausweicht und wie man sich verhält, wenn man von einer erwischt wird. Das meiste, was ich in diesem Jahr zu Papier brachte, schrieb ich in Lawinenzeiten.

Das Schlimmste, was ich von diesem Lawinenwinter in Erinnerung habe, war ein Mann, den man ausgegraben hatte. Er hatte sich hingehockt und, wie man es uns beigebracht hatte, die Arme vor dem Kopf verschränkt, um Luft zum Atmen zu haben, wenn der Schnee über ihm zusammenschlug. Die Lawine war gewaltig, und es dauerte lange Zeit, bis man alle ausgegraben hatte, und dieser Mann war der Letzte, den man fand. Er war noch nicht lange tot, und die Haut an seinem Hals war so weit weggescheuert, dass man Sehnen und Knochen sehen konnte. Er hatte, um sich gegen den andrängenden Schnee zu wehren, den Kopf immer wieder hin- und hergedreht. In dieser Lawine musste sich alter, kompakter Schnee in den frischen leichten Schnee gemischt haben, der ins Rutschen gekommen war. Wir vermochten nicht zu sagen, ob er das mit Absicht getan oder ob er den Verstand verloren hatte. Aber das war auch kein Problem, da der Priester des Ortes ihm ohnehin eine Bestattung in geweihter Erde verweigerte; schließlich gab es keinen Beweis dafür, dass der Mann katholisch war.

Von Schruns habe ich auch die lange Wanderung das Tal hinauf zu dem Gasthaus in Erinnerung, in dem wir übernachteten, bevor wir uns an den Aufstieg zum Madlener Haus machten. Es war ein sehr schönes altes Gasthaus, und das Holz der Wände in dem Raum, in dem gegessen und getrunken wurde, schimmerte vom jahrelangen Polieren wie Seide. Ebenso Tische und Stühle. Das Essen war immer gut, und du hattest immer Hunger. Ihr schlieft eng beieinander in dem großen Bett unter der Federdecke, das Fenster stand offen, und die Sterne leuchteten nah und sehr hell. Morgens nach dem Frühstück wurde aufgeladen, und dann gingen alle mit ihren Skiern auf den Schultern die Straße hinauf und begannen noch im Dunkeln unter den hellen Sternen den Aufstieg. Die Träger hatten sehr kurze Skier und trugen schwere Lasten. Wir wetteiferten miteinander, wer mit den schwersten Lasten klettern konnte, aber gegen die Träger kam niemand an; das waren kräftig gebaute, verschlossene Bauern, die nur den Montafoner Dialekt sprachen, unaufhaltsam wie Packpferde kletterten und, oben angekommen, wo die Alpenvereinshütte auf einer Felsplatte neben dem schneebedeckten Gletscher stand, ihre Last an der Steinmauer der Hütte abstellten, mehr Lohn als vereinbart verlangten und, nachdem sie einen Kompromiss erzielt hatten, auf ihren kurzen Skiern wie Kobolde zu Tal schossen.

Ein wunderbares Mädchen aus Deutschland war mit von der Partie. Sie war eine großartige Skiläuferin, klein und schön gebaut, und konnte einen Rucksack, der so schwer war wie meiner, noch länger tragen als ich. »Diese Träger sehen uns immer an, als freuten sie sich schon darauf, uns als Leichen nach unten zu bringen«, sagte sie. »Sie setzen den Preis für den Aufstieg fest, aber ich habe noch nie erlebt, dass sie nachher nicht mehr verlangt hätten.«

Die Bauern am Ende des oberen Tals waren ganz anders als die des unteren und mittleren Tals, und die aus dem Gauertal waren so freundlich, wie jene feindselig waren. Im Winter in Schruns trug ich einen Bart zum Schutz vor der Sonne, die mein Gesicht im hohen Schnee stark verbrannte, und ließ mir auch nicht die Haare schneiden, und als wir einmal abends auf Skiern die Holzabfuhrwege hinabglitten, erzählte mir Herr Lent, dass die Bauern, denen ich auf den Straßen oberhalb von Schruns begegnete, mich den »schwarzen Christus« nannten. Er sagte, manche in der Weinstube würden mich den »schwarzen kirschtrinkenden Christus« nennen. Aber für die Bauern am hinteren oberen Ende des Montafon, wo wir Träger für den Aufstieg zum Madlener Haus anheuerten, waren wir allesamt ausländische Teufel, die ins Hochgebirge gingen, wenn man das besser nicht tun sollte. Dass wir vor Sonnenaufgang aufbrachen, um die gefährlichen Stellen hinter uns zu bringen, an denen die Sonne Lawinen auslösen konnte, wurde uns nicht zugutegehalten. Das bewies nur, dass wir so durchtrieben waren wie alle ausländischen Teufel.

Ich erinnere mich an den Geruch der Kiefern, und wie wir in den Hütten der Holzfäller auf mit Buchenlaub gefüllten Matratzen schliefen, und wie wir auf Skiern den Fährten von Hasen und Füchsen durch den Wald folgten. Ich erinnere mich, wie ich im Hochgebirge oberhalb der Baumgrenze einer Fuchsspur folgte, bis ich in Sichtweite kam und beobachtete, wie er da mit erhobener Vorderpfote stand und dann vorsichtig einen Schritt machte, wieder anhielt und dann losstürzte, und ich erinnere mich an das Weiß und das Geflatter eines Schneehuhns, das aus dem Schnee aufstob und über die Felskante davonflog.

Ich erinnere mich an die verschiedenen Arten von Schnee, die der Wind entstehen ließ, und wie tückisch sie beim Skilaufen sein konnten. Und manchmal wurdest du oben in der Hütte von einem Schneesturm überrascht, und der schuf eine fremde Welt, in der wir uns so vorsichtig voranbewegen mussten, als hätten wir das Land noch nie zuvor gesehen. Das hatten wir auch nicht, denn es war alles neu. Schließlich die große Abfahrt den Gletscher hinunter, glatt und geradeaus, ewig geradeaus, wenn die Beine das aushielten, die Knöchel eng aneinander, tief gebückt in die Geschwindigkeit gelehnt, fielen und fielen wir im stillen Zischen des frischen Pulverschnees. Das war besser als Fliegen und alles andere, und die Fähigkeit, das zu tun und zu erleben, erwarbst du durch die langen Aufstiege mit den schweren Rucksäcken. Du konntest das so wenig kaufen, wie du eine Fahrkarte zum Gipfel kaufen konntest. Es war das Ziel, für das wir den ganzen Winter arbeiteten, und der ganze Winter tat sich zusammen, um es möglich zu machen.

Im letzten Jahr in den Bergen traten neue Menschen tief in unser Leben hinein, und nichts war mehr wie früher. Der Lawinenwinter erschien wie ein glücklicher unschuldiger Kindheitswinter im Vergleich zu diesem Winter und dem mörderischen Sommer, der ihm folgen sollte.

## Annemarie Schwarzenbach

# *Flucht nach oben*

Hoch oben, in der ausgetretenen Spur, die zum Val Torn führte, stieg Matthisel am nächsten Morgen bergan. Es war noch sehr kalt, selbst das Aufsteigen erwärmte ihn nicht. Die Luft roch nächtlich, feucht, war regungslos. Der Schnee schimmerte blau und strömte Kälte aus; beim Gehen knirschte der harte, vereiste Rand der Spur gegen die Kanten von Matthisels Skiern. Er hatte keine Stahlkanten, das Holz splitterte in winzigen weißen Fetzen ab.

Matthisel hatte vor dem Fortgehen Milchkaffee getrunken. Wirz hatte ihn selbst in der Küche gewärmt; noch spürte Matthisel den lauen, rahmigen Geschmack auf der Zunge. Das flackernde Feuer in der kalten Küche, Geruch nach Wäsche und Steinfliesen; Wirz war bleich, fleckig im Gesicht. Er hatte auf der linken Seite gelegen, das krause und struppige Haar war in die Höhe gedrückt. Er trug graue Filzpantoffeln. Die Knöchel waren weiß, mit blauen hervortretenden Adern. Matthisel trank den Kaffee aus einer runden Schüssel. Aß Brot, dick mit Butter bestrichen. Er saß auf dem Küchentisch. Wirz stand am Herd.

»Es wird ein schöner Tag«, sagte Matthisel. Draußen war es noch dunkel, der Himmel im Osten sammetblau, sonst schwarz, fast ohne Sterne.

»Du brauchst keine Angst zu haben«, sagte Wirz, »der Anstieg ist nicht schlimm.«

Matthisel kaute schläfrig. Er hatte keine Angst, er wollte sich Zeit lassen.

»Heute Abend bist du zurück«, sagte Wirz.

»Und dann?«

»Vierzig Schilling ist viel Geld.«

Matthisel nickte träg. »Und dann?«

»Meld dich gleich bei mir«, sagte Wirz. Er schüttete ihm zum zweiten Mal Kaffee ein. Er gähnte.

Matthisel trank in langsamen Schlucken. »Wann muss ich das nächste Mal gehen?«, fragte er.

Wirz sagte unsicher: »Du brauchst gar nicht mehr zu gehen. Es war nur ein Versuch. Damit du Geld verdienst.« Matthisel dachte: Der Klaus schläft noch. Der braucht kein Geld zu verdienen.

»Nachher sollst du doch Skilehrer werden«, sagte Wirz. Er legte ihm die Hand auf die Schulter.

Matthisel hatte die Berührung nicht gern. Er kannte das. Er hatte Wirz nicht mehr gern. »Ich werd kein Skilehrer«, sagte er. »Es ist zu spät.«

Wirz schüttelte ihn. »Siebzehn Jahre alt«, sagte er.

»Nicht deshalb«, sagte Matthisel, »aber wenn ich jetzt zurückkomme ...«

»Das geht doch keinen Menschen etwas an!«

»Doch«, sagte Matthisel, »es geht sie etwas an. Ich werd kein Skilehrer.«

»Jetzt geh!«, sagte Wirz.

Aber Matthisel rührte sich nicht.

»Es ist fast halb sechs Uhr«, sagte Wirz. »Geh! Steck das Brot ein. Und vergiss nicht, bei der dritten Hütte rechts.«

»Ich vergess es schon nicht«, sagte Matthisel kurz. »Außerdem, wenn man mich erwischt, ist es meine Sorge.«

»Wer soll dich denn erwischen?« Wirz' Stimme wurde unsicher.

»Das ist nicht deine Sorge«, wiederholte Matthisel und stand auf.

Die Dämmerung begann um halb sieben Uhr. Bis ins Val Torn ging er in der Dunkelheit, der ausgetretenen Spur folgend. Die Kälte weckte ihn. Er ließ das Dorf hinter sich, die verschlossenen Häuser, die kalten Schornsteine. Ob Wirz wieder eingeschlafen war? Sein schwerer, traumgequälter Schlaf, wütendes, stöhnendes Erwachen. Wie er gegen sich wüten konnte, die Welt beschimpfen, Gott lästern! Und alles ausartend in eine unbeschwichtigende Zärtlichkeit, preisgegeben dem Dämon. Wie besiegt er war, ohne Demut besiegt, zähneknirschend. Wie er Gott lästern konnte, sein Gewissen in Brand stecken und wütend-traurig in die Flammen blasen! Wie er sein Haar streicheln konnte! Matthisel schauderte bei der Erinnerung.

Nein, es war vorbei. Es war viel besser jetzt, auch gefährlicher, aber er war nicht mehr in der Gewalt des Bösen. Er gehörte sich wieder. Der Tag stieg auf, der samtene Himmel im Osten zerfloss und wurde rötlich. Er gehörte sich wieder, würde es schon meistern. Vielleicht würde er, wenn Gott ihn schützte und heil wieder ins Tal brachte, zu seinen Eltern zurückkehren und alles wieder gutmachen. Nie mehr zu Wirz, nie mehr. Er war kein Kind mehr. Ermutigt, fast freudig stieg Matthisel bergan.

Die Landjäger waren mit dem ersten Frühzug aus Innsbruck gekommen. Sie weckten den Polizisten in Alptal, befestigten in der Alpenrose, im Schwarzsee-Hof und am Postbüro die Bekanntmachung, dass der Aufstieg zum Val Torn und in die ganzen benachbarten Gebiete an diesem Tag für Touristen gesperrt sei, frühstückten dann ausgiebig in der Alpenrose, aßen Käse, tranken Rotwein und machten sich gegen neun Uhr auf den Weg. Sie folgten, einer hinter dem anderen, derselben Spur wie einige Stunden zuvor Matthisel. Der Himmel blieb bezogen, Wolken kamen von Westen. Die Gipfel waren von nebelähnlichem Dunst verhüllt. Bald senkte er sich tiefer, wallte die steilen Hänge hinab, füllte die Mulden wie schwelender Rauch. Das Val Torn lag schon in seinem Bereich, die Luft war drückend wie vor einem Erdbeben, und unheilvoll still.

Weiter oben blies ein heftiger Wind, jagte den Nebel vor sich her, riss Löcher hinein. Für Augenblicke traf milchiges Sonnenlicht die nassen Felsen und die stumpfen grauen Schneeflächen. Dann verhüllte sich der Himmel wieder, Dunstfahnen schwangen auf und ab.

Wirz schlief lange. Als er erwachte, sah er Nebel vor seinem Fenster und erinnerte sich sofort beunruhigt an Matthisel. Es war zehn Uhr, er konnte den Kamm schon überschritten haben. Vielleicht war es drüben hell, jedenfalls nebelfrei.

Aber Matthisel fand den Kamm nicht. Er war durch das sanft fallende Val Torn gefahren, bei der dritten Hütte abgebogen und aufgestiegen. Da hatte ihn der Nebel überrascht. Er ging aufwärts, solange er konnte. Dann merkte er, dass es sehr steil wurde, fast senkrecht. Er wich aus, ging einige Zeit quer der Halde entlang, stieg von Neuem auf. Der Schnee war weich und schwer, die Skier sanken ein. Plötzlich befand er sich in einer Art Hohlweg zwischen schwarzen Felsen. Es war windstill, ganz warm. Er beschloss zu warten. Er hatte keine Uhr. Der Nebel verwirrte ihn. Eine halbe Stunde warten konnte ebenso gut ein halber Tag sein oder nur zehn Minuten. Er nahm den Rucksack ab und stellte ihn neben sich. Wartete wieder. Aber der Nebel nahm zu, wurde gelb und immer dichter, wogte schwindelerregend in die Tiefe zu seinen Füßen. Er hatte Hunger, zog das Brot aus der Tasche und aß es auf. Zwei Minuten vergangen, dachte er, oder fünf? Wo stand die Sonne? Ringsum war der Nebel gelb, Wasser tropfte von den Felsen. Matthisels Knöchel schmerzten. Er schnallte die Skier ab, legte sie quer in den Schnee und setzte sich darauf. Jetzt nicht einschlafen! Wenn es ein halber Tag war, dann kamen bald der Abend, Kälte, die Nacht. Er würde erfrieren.

Er beschloss, den Abstieg zu versuchen. Vielleicht konnte er den Rucksack in einer der Hütten verstecken oder sogar dort übernachten. Bis zum nächsten Morgen musste sich der Nebel verziehen.

Langsam kroch die Kälte in seine Glieder. Er nahm den Rucksack, trug die Skier Schritt für Schritt bergab. Es war sehr steil, er glitt beim Gehen aus, manchmal gab der Schnee nach. Plötzlich fürchtete sich Matthisel. Vielleicht lag ein Abgrund vor ihm, und er ging ahnungslos darauf zu, stürzte, und einen Meter tiefer oder zwei begann die Felswand … Er versuchte, sich zu beruhigen: Es gab keine Felswände im Val Torn. Aber doch Felsen, hoch genug. Mit zitternden Knien ging er weiter. Die Stöcke schleiften im Schnee nach. Seine Füße sanken ein, große Löcher blieben hinter ihm, wie die Spur eines großen, schweren Tieres.

Francis war mit dem gleichen Zug wie die Landjäger angekommen. Er war die ganze Nacht gefahren. Im Morgengrauen begrüßte ihn der Stationsvorstand wie einen Heimgekehrten. Er trank Kaffee in der Restauration und aß frischen Gugelhopf. Draußen wartete der Kapuzenschlitten, das kleine Pferd mit dickem Fell, der Kutscher aus dem Schwarzsee-Hof, ein blonder Hüne in Schaftstiefeln. Während die Landjäger bergan stiegen, fluchend vor Kälte, überholte sie der kleine Schlitten.

Die Berge waren verhüllt, grau. Selbst der Schnee war grau, glanzlos, ein wenig feucht. Der Föhn hatte ihm zugesetzt. Grau und feucht war der Asphalt in Berlin gewesen – lange vorbei. Der Potsdamer Platz mit rasenden Lichtreklamen. Haus Vaterland und ein neuer Großfilm, lange vorbei. Weltkriegausstellung. An der Hardenbergstraße stand hinter Glasscheiben ein Neger, bunte Tücher über die Schulter geworfen. Unter dem weißroten Leinengewand schauten die langen Hosen hervor, Schuhe mit Gummiabsätzen, hellbraunes Leder. Er stand da, neben dem blonden Kassenfräulein, und die Kinder quetschten sich die Nasen platt, um ihn besser zu sehen. Er grinste mit blauroten Lippen: Kolonialausstellung. Die Reifen der Taxis quietschten in den Kurven. Der Rechtsanwalt telefonierte noch um neun Uhr ins Hotel. »Wird alles besorgt«, sagte er, herzlich und beruhigend. Fahrt durch den Grunewald, vorbei am Wellenbad.

Junge Uniformierte standen davor, in Schnürstiefeln. Einige hatten Mädchen, wie früher die Einjährigen – lange vorbei. Lichter von der Avus, trübe. Er fuhr zum Anhalter-Bahnhof. Regentropfende Bäume im Tiergarten. Lastwagen jagten einander, ein schwankender Omnibus bewegte sich von der Haltestelle in die Mitte der Straße, mit riesigem Pfeil winkend. Der Lärm der Autos brandete gegen die Eingangshalle. Der Schritt des Gepäckträgers hallte laut. Francis folgte ihm. Mädchen in Pelzmänteln, bleich, zartrot geschminkt, sahen ihm ins Gesicht. Ein Hund kläffte, stand verloren neben der Sperre. Knaben trugen Skier rüstig vorüber. Noch dauerte der Winter.

Francis schlief. Er sah durch das Fenster schwarze Horizontlinien und einsam flackernde Lichter, dachte, es sei das Meer; Schiffe grüßten sein Schiff von Weitem. Nachtschwere betäubte sein Gehirn. Am Morgen wachte er auf im Gebirge, stieg um, erblickte Gipfelketten, grauen Himmel. Sah: Bahnhof Innsbruck, und erinnerte sich an nichts anderes mehr als an den Weg zum Krankenhaus, feuchter Hohlweg, vorbei am Kloster der Ursulinerinnen und an Vorgärten, wo Schnee auf den Beeten lag.

Nachher wurde er ungeduldig – warum? Aber heimzukehren …

Nun saß er im Schlitten und war zufrieden, den Weg zu kennen. Galerien, Schluchten, erstarrte, durchsichtig gläserne Wasserfälle, Lawinenmauern, das Dorf eine Festung, der Gasthof zur Post. Er ließ halten, stieg aus, stand in der Stube am weißgrünen Kachelofen und trank scharfen Enzian.

In Alptal ließ er vor Friedrichs Haus halten. Es war ein kleines Haus, alt, der weiße Kalk bröckelte von den windschiefen Wänden. Zur Haustür führte eine Treppe mit geschnitztem Geländer aus blankem, hartem, farblosem Holz. Unter der Haustür war der Stall. Die beiden Pferde der Alpenrose waren im Winter darin untergebracht; im Sommer hatte Friedrichs Bruder ein paar Schafe darin. Francis ließ sein Gepäck abladen und bezahlte den Kutscher. Er wusste, was er tat. Er hatte schon an Friedrich geschrieben. Groß, mit runden Schultern stand Friedrich im Hausflur. Im Wollhemd, die Pfeife zwischen den Zähnen. »Schön, dass du wiedergekommen bist«, sagte er. »Ich habe deine Skier aus dem Schwarzsee-Hof geholt. Sie stehen im Skiraum.« Sie saßen in der Stube und beratschlagten.

»Ich muss zuerst wieder trainieren«, sagte Francis.

»In zwei Wochen machst du das Examen«, erwiderte Friedrich. »Der Winter ist noch lang. Ich habe Schüler bis Ende April.«

Dann ging Francis in den Schwarzsee-Hof. Es war halb zehn Uhr. In den Hotelgängen brannte Licht. Gelb wie Rauch legte sich der Nebel an die Scheiben. »Schmugglerjagd im Val Torn«, sagte Matthisels Nachfolger, als er die Bekanntmachung las.

Klaus kam die Treppe hinunter. Er war zum Skilaufen umgezogen, hatte das blaue Jäckchen bis unters Kinn zugeknöpft. Francis gab ihm die Hand. Klaus sah ihn mit weit aufgerissenen Augen an. Er war gelbblass, stotterte.

»Fein, dass man sich wieder sieht«, sagte Francis. Klaus lief an ihm vorbei ins Freie.

Adrienne saß noch beim Frühstück. Sie aß Hörnchen mit Butter und Honig, wischte die Hände an der Serviette ab, lehnte sich zurück, schlug die langen Beine übereinander, nahm die brennende Zigarette vom Rand des Aschenbechers.

Francis arbeitete sich zwischen den Tischen hindurch. Sie saß da und rauchte und sah ihn gar nicht. Er freute sich unbeschreiblich. Sie bestellte Kaffee für ihn.

»Ich hab schon zweimal …«, wandte er ein.

»Du kannst auch dreimal trinken«, sagte sie. Der Kaffee war schwarz und dick und roch stark. Nirgends gab es so guten Kaffee. Die Milch schäumte.

Er trank in großen Schlucken. Sie saß ihm gegenüber, drückte ihre Zigarette aus und stützte die Arme auf. Sie waren sich überhaupt nicht fremd.

»Bist du nicht erstaunt, dass ich wiederkomme?«, fragte er.

»Was solltest du schon in Berlin«, antwortete sie. »Nein, nein, es war höchste Zeit für dich zurückzukommen.«

Er aß und trank, langte mit dem Messer in die Butterschale. Es war alles selbstverständlich.

»Ich werde Skilehrer«, sagte er. »Friedrich stellt mich ein.«

»Gott sei Dank«, sagte sie. »Dann brauche ich mich nicht mehr über Wirz zu ärgern.«

»Es war höchste Zeit«, sagte er.

»Ich konnte nicht hinunterfahren. Ich dachte, dass du mich vielleicht in Berlin brauchen würdest. Es war sicher scheußlich für dich.«

»Nein«, sagte er, »es war nicht so schlimm, sobald ich wusste, dass ich wiederkommen und dich sehen würde.«

»Aber ich konnte nicht hinunterkommen. Ich kann jetzt nicht ins Tiefland«, wiederholte sie. Er sah betroffen auf. Sie sah weg. »Ich bin zu krank«, sagte sie. »Aber mach dir keine Sorgen. Ich bringe den Klaus ins Internat und komme gleich wieder zurück und heile mich aus.«

»Ich werde Klaus in die Schule bringen«, sagte er.

»Gut«, sagte sie. »Du kannst ihn bringen. Wo ist er eigentlich?«

»Eben hinausgegangen«, sagte Francis. »Ich denke, zum Kurs.«

»Bei diesem Nebel geht er nicht zum Kurs.«

»Er war so merkwürdig«, sagte Francis. »Er hat mich kaum begrüßt.« Plötzlich unruhig, sprang er auf, ging in die Halle, rief Friedrich an. Er war zu

Hause. Es gab heute nur nachmittags Kurs. »Hoffentlich ist Klaus nicht Richtung Val Torn gegangen«, sagte Friedrich. »Da ist heute Schmugglerjagd.«

Francis hängte ein. Adrienne stand in der Halle. »Ich suche ihn«, sagte er. Der Portier begleitete ihn vor die Tür und erzählte, Klaus sei über die Brücke und links hinaufgegangen, Richtung Val Torn …

Friedrich half Francis, die Felle aufzulegen. »Wenn du bis ein Uhr nicht zurück bist, komme ich mit Matter nach«, sagte er.

Francis stieg durch den Nebel. Er ging in der alten Spur. Klaus hatte eine halbe Stunde Vorsprung. Er musste dicht hinter den Landjägern sein.

Nach kurzer Zeit teilte sich die Spur. Eine führte steiler bergan. Francis folgte der anderen, die er für die ältere und direkte hielt.

Hoch oben vernahm Matthisel die Rufe der Landjäger. Er wagte nicht zu antworten, setzte aber seinen mühsamen Abstieg fort. Der Nebel lichtete sich ein wenig. Er erkannte Felsen, und dass der Abstieg nicht so steil war, wie er gefürchtet hatte. Der Schnee sah gelb aus. Vielleicht drang bald die Sonne durch. Aber es war kalt.

Wieder hörte er Rufe. Die Leute konnten nicht sehr weit sein. »Ist zwecklos«, rief jemand, ein anderer rief: »Hallo«, als habe er den Ersten nicht gehört. Schüchtern rief nun Matthisel: »Hallo.« Seine Stimme war heiser und brach sich. Einen Augenblick herrschte Stille. Dann vernahm er deutlich und mit militärischer Schärfe: »Wer da?« Er schrak zusammen. »Wer da? Sich melden!«, wiederholte die Stimme. Und jetzt begriff er plötzlich den Zusammenhang: Man suchte ihn. Wirz hatte ihn verraten – nein, das war unmöglich, er würde sich ja ins eigene Fleisch schneiden, aber wer, wer? Also Klaus Vidal, nein, der tät so etwas nicht, nein, Klaus war sein Freund, war anständig. Aber verraten, verfolgt war er, Männer hinter ihm her –

Auf einmal erinnerte er sich an alles, was man ihm jemals erzählt hatte. Schmuggler waren rechtlos, waren Verbrecher (das Wort spürte er wie die Pranke eines Tiers im Nacken). Verbrecher, vogelfrei, Wilddieb – wenn sie sich nicht stellten, schoss man auf sie, und wer sie traf, war kein Mörder. Er wollte schreien. Ich bin's, der Matthisel, und schalt sich verzweifelt. Was half es ihm denn, das waren ja nicht Leute aus Alptal, und er war ja nicht der Matthisel aus dem Schwarzsee-Hof, sondern ein Schmuggler. Er stieß einen Angstschrei aus. »Jesus«, schrie er, und kauerte dann nieder, schnallte in atemloser Hast mit starren Fingern seine Skier an. »Hilf mir«, jammerte er, nur nicht hinunter, besser den Talhang entlang – und schoss vorwärts, verfolgt von den erneuten, jetzt wütenden Rufen: »Halt, melden, halt, wir schießen!« Unter sich sah er in namenlosem Entsetzen den Schatten eines Mannes wie ein Gespenst durch den gelben Nebel gleiten. Er hörte »Schießen!«, wimmerte nicht mehr, nahm alle Kraft zusammen, stumm stieß er die Skier vorwärts, vorgelehnt, taumelnd, nichts mehr sehend oder hörend – nur eine Stimme noch, tief und verzweifelt: »Ich komm nicht mehr zurück, ich wusste es, o Mutter …«

Der Mann unter ihm schoss. Dreimal hintereinander, blindlings, erschöpft, nur begierig, den Schatten nicht entwischen zu lassen. Er schoss nicht aus Pflichtgefühl, nicht, um einen Schmuggler zum Stehen zu bringen, nicht, um einen Menschen zu verletzen. Aber um ein Ende zu machen. Sie waren hier fremd, wussten im Nebel nicht Bescheid. Der Nebel kroch wie Lehm und giftiger Dampf an ihnen hoch, kroch ihnen in die Lungen. Die Schmugglerjagd war ein verfehltes Unternehmen, eine sinnlose Order von oben. Was machte es schon aus, ob einer ein paar Kilo nach Italien hinüberbrachte? Schmuggler? Harmlose Bauernburschen, die sich ein Taschengeld verdienen wollten.

Die Landjäger hielten sich möglichst dicht beieinander. Sie wollten ins Dorf zurück, in die heiße Gaststube, zu Käse, Brot und Rotwein. Sie wollten aus dieser verfluchten und weglosen Öde weg. Da war es der leise Ruf, das plötzliche Schweigen, der sich bewegende, offenbar fliehende Schatten, der den Mann in Raserei versetzte.

Matthisel stürzte mit einem Schrei nach vorne. Er fiel mit dem Gesicht in den Schnee, die Arme flach ausgestreckt, die Hände gespreizt, wie um den Sturz aufzufangen. Der Schrei wurde sogleich erstickt. Die Füße staken fest in den Bindungen, die Zehen wurden abgebogen, die Absätze nach oben gedrückt.

## Thomas Mann

# *Im Schneesturm*

Es war nachmittags um drei Uhr. Bald nach Tische hatte er sich aufgemacht, um einen Teil der Großen Liegekur und die Vespermahlzeit zu schwänzen und vor Dunkelwerden zurück zu sein. Wohligkeit erfüllte ihn bei dem Gedanken, dass mehrere Stunden zum Schweifen im Freien und Großartigen vor ihm lagen. Er hatte etwas Schokolade in der Tasche seiner Breeches und eine kleine Flasche mit Portwein in der Westentasche.

Der Stand der Sonne war kaum zu erkennen, so dicht umnebelt war sie. Hinten, in der Gegend des Talausganges, des Gebirgswinkels, den man nicht sah, dunkelte das Gewölk und schien sich vorzuschieben. Es sah nach Schnee aus, mehr Schnee, um dringendem Bedarf abzuhelfen – nach einem ordentlichen Gestöber. Und wirklich fielen die kleinen, lautlosen Flocken über der Halde schon reichlicher.

Hans Castorp trat vor, um ein paar davon auf seinen Ärmel fallen zu lassen und sie mit den Kenneraugen des Liebhaberforschers zu betrachten. Sie schienen formlose Fetzchen, aber er hatte mehr als einmal ihresgleichen unter seiner guten Linse gehabt und wusste wohl, aus was für zierlichst genauen kleinen Kostbarkeiten sie sich zusammensetzten, Kleinodien, Ordenssternen, Brillantagraffen, wie der getreueste Juwelier sie nicht reicher und minutiöser hätte herstellen können – ja, es hatte mit all diesem leichten, lockeren Puderweiß, das in Massen den Wald beschwerte, das Gebreite bedeckte, und über das seine Fußbretter ihn trugen, denn doch eine andere Bewandtnis als mit dem heimischen Meersande, an den es erinnerte: Das waren bekanntlich nicht Steinkörner, woraus es bestand, es waren Myriaden im Erstarren zu ebenmäßiger Vielfalt kristallisch zusammengeschossener Wasserteilchen – Teilchen ebender anorganischen Substanz, die auch das Lebensplasma, den Pflanzen-, den Menschenleib quellen machte –, und unter den Myriaden von Zaubersternchen in ihrer untersichtigen, dem Menschenauge nicht zugedachten, heimlichen Kleinpracht war nicht eines dem anderen gleich; eine endlose Erfindungslust in der Abwandlung und allerfeinsten Ausgestaltung eines und immer desselben Grundschemas, des gleichseitig-gleichwinkligen Sechsecks, herrschte da; aber in sich selbst war jedes der kalten Erzeugnisse von unbedingtem Ebenmaß und eisiger Regelmäßigkeit, ja, dies war das Unheimliche, Widerorganische und Lebensfeindliche daran; sie waren zu regelmäßig, die zum Leben geordnete Substanz war es niemals in diesem Grade, dem Leben schauderte vor der genauen Richtigkeit, es empfand sie als tödlich, als das Geheimnis des Todes selbst, und Hans Castorp glaubte zu verstehen; warum Tempelbaumeister der Vorzeit absichtlich und insgeheim kleine Abweichungen von der Symmetrie in ihren Säulenordnungen angebracht hatten.

Er stieß sich ab, schlurfte auf seinen Kufen fort, fuhr am Waldrande den dicken Schneebelag der Schräge ins Neblige hinunter und trieb sich, steigend und gleitend, ziellos und gemächlich, weiter in dem toten Gelände umher, das mit seinen leeren, welligen Gebreiten, seiner Trockenvegetation, die aus einzelnen, dunkel hervorstechenden Latschenbüschen bestand, und seiner Horizontbegrenzung von weichen Erhebungen so auffallend einer Dünenlandschaft glich. Hans Castorp nickte zufrieden mit dem Kopf, wenn er stand und sich an dieser Ähnlichkeit weidete; und auch den Brand seiner Miene, die Neigung zum Gliederzittern, die eigentümliche und trunkene Mischung von Aufregung und Müdigkeit, die er spürte, duldete er mit Sympathie, da dies alles ihn an nah verwandte Wirkungen der ebenfalls aufpeitschenden und zugleich mit schlafbringenden Stoffen gesättigten Seeluft vertraulich erinnerte. Er empfand mit Genugtuung seine beschwingte Unabhängigkeit, sein freies Schweifen. Vor ihm lag kein Weg, an den er gebunden war, hinter ihm keiner, der ihn so zurückleiten würde, wie er gekommen war. Es hatte anfangs Stangen, eingepflanzte Stöcke, Schneezeichen gegeben, aber absichtlich hatte er sich bald von ihrer Bevormundung frei gemacht, da sie ihn an den Mann mit dem Hörnchen erinnerten und seinem inneren Verhältnis zur großen Winterwildnis angemessen schienen.

Hinter verschneiten Felshügeln, zwischen denen er sich, bald rechts, bald links lenkend, hindurchschob, lag eine Schräge, dann eine Ebene, dann großes Gebirge, dessen weich gepolsterte Schluchten und Pässe so zugänglich und lockend schienen. Ja, die Lockung der Fernen und Höhen, der immer neu sich auftuenden Einsamkeiten war stark in Hans Castorps Gemüt, und auf die Gefahr, sich zu verspäten, strebte er tiefer ins wilde Schweigen, ins Nichtgeheure, für nichts Gutstehende hinein – ungeachtet, dass überdies die Spannung und Beklommenheit seines Inneren zur wirklichen Furcht wurde angesichts der vorzeitig zunehmenden Himmelsdunkelheit, die sich wie graue Schleier auf die Gegend herabsenkte. Diese Furcht machte ihm bewusst, dass er es heimlich bisher geradezu darauf angelegt hatte, sich um die Orientierung zu bringen und zu vergessen, in welcher Richtung Tal und Ortschaft lagen, was ihm denn auch in erwünschter Vollständigkeit gelungen war. Übrigens durfte er sich sagen, dass, wenn er sofort umkehrte und immer bergab fuhr, das Tal, wenn auch möglicherweise fern vom »Berghof«, rasch erreicht sein werde – zu rasch; er würde zu früh kommen, würde seine Zeit nicht ausgenutzt haben, während er allerdings, wenn das Schneeunwetter ihn überraschte, den Heimweg wohl vorderhand überhaupt nicht finden würde. Darum aber vorzeitig flüchtig zu werden, weigerte er sich – die Furcht, seine aufrichtige Furcht vor den Elementen mochte ihn beklemmen, wie sie wollte. Das war kaum sportsmännisch gehandelt; denn der Sportsmann lässt sich mit den Elementen nur ein, solange er sich ihr Herr und Meister weiß, übt Vorsicht und ist der Klügere, der nachgibt. Was aber in Hans Castorps Seele vorging, war nur mit einem Wort zu bezeichnen: Herausforderung. Und soviel Tadel das Wort umschließt, auch wenn – oder besonders wenn – das ihm entsprechende frevelhafte Gefühl mit so viel aufrichtiger Furcht verbunden ist, so ist doch bei einigem menschlichen Nachdenken ungefähr zu begreifen, dass in den Seelengründen eines jungen Menschen und Mannes, der jahrelang gelebt hat wie dieser hier, manches sich ansammelt oder, wie Hans Castorp, der Ingenieur, gesagt haben würde, »akkumuliert«, was eines Tages als ein elementares »Ach was!« oder ein »Komm denn an!« von erbitterter Ungeduld, kurz eben als Herausforderung und Verweigerung kluger Vorsicht sich entlädt. Und so fuhr er denn zu auf seinen langen Pantoffeln, glitt noch den Abhang hinunter und schob sich über die folgende Halde, auf der in einiger Entfernung ein Holzhäuschen, Heuschober oder Almhütte mit steinbeschwertem Dache, stand, dem nächsten Berge zu, dessen Rücken borstig von Tannen war und hinter dem Hochgipfel sich nebelhaft türmten. Die mit einzelnen Baumgruppen besetzte Wand vor ihm war schroff, aber schräg rechtshin mochte man sie in mäßiger Steigung halb umgehen und hinter sie kommen, um zu sehen, was da weiter sein werde, und an dieses Forschergeschäft machte sich Hans Castorp, nachdem er vor dem Feld mit der Sennhütte noch in eine ziemlich tiefe, von rechts nach links abfallende Schlucht hinabgefahren war.

Er hatte eben wieder angefangen zu steigen, als denn also, wie zu erwarten gestanden, Schneefall und Sturm losgingen, dass es eine Art hatte – der Schneesturm, mit einem Worte, war da, der lange gedroht hatte, wenn man von »Drohung« sprechen kann in Hinsicht auf blinde und unwissende Elemente, die es nicht darauf abgesehen haben, uns zu vernichten, was vergleichsweise anheimelnd wäre, sondern denen es auf die ungeheuerste Weise gleichgültig ist, wenn das nebenbei mit unterläuft. »Hallo!«, dachte Hans Castorp und blieb stehen, als der erste Windstoß in das dichte Gestöber fuhr und ihn traf. »Das ist eine Sorte von Anhauch. Die geht ins Mark.« Und wirklich war dieser Wind von ganz gehässiger Art: Die furchtbare Kälte, die tatsächlich herrschte, gegen zwanzig Grad unter null, war nur dann nicht zu spüren und mutete milde an, wenn die feuchtigkeitslose Luft still und unbewegt war wie gewöhnlich; sobald sie sich aber windig regte, schnitt das wie mit Messern ins Fleisch, und wenn es zuging wie jetzt – denn der erste fegende Windlauf war nur ein Vorläufer gewesen –, so hätten sieben Pelze nicht hingereicht, das Gebein vor eisigem Todesschrecken zu schützen, und Hans Castorp trug nicht sieben Pelze, sondern nur eine wollene Weste, die ihm sonst auch vollkommen genügt hatte und ihm bei dem geringsten Sonnenschein sogar lästig gewesen war. Übrigens bekam er den Wind etwas seitlich von hinten, sodass es sich wenig empfahl, umzukehren und ihn von vorn zu empfangen; und da diese Überlegung sich mit seinem Trotz und mit dem gründlichen »Ach was!« seiner Seele mischte, so strebte der tolle Junge immer noch weiter, zwischen einzeln stehenden Tannen hin, um hinter den in Angriff genommenen Berg zu kommen.

Dabei jedoch war gar kein Vergnügen, denn man sah nichts vor Flockentanz, der, scheinbar ohne zu fallen, in dichtestem Wirbelgedränge allen Raum erfüllte; die dreinfahrenden Eisböen machten die Ohren mit scharfem Schmerze brennen, lähmten die Glieder und ließen die Hände ertauben, sodass man nicht mehr wusste, ob man den Pickelstock noch hielt oder nicht. Der Schnee wehte ihm hinten in den Kragen und schmolz ihm den Rücken hinunter, legte sich ihm auf die Schultern und bedeckte seine rechte Flanke; es war ihm, als solle er hier zum Schneemann erstarren, seinen Stock steif in der Hand; und all diese Unzuträglichkeit ergab sich bei vergleichsweise günstigen Umständen: Wendete er sich, so würde es schlimmer sein; und doch hatte der Heimweg sich zu einem Stück Arbeit gestaltet, das in Angriff zu nehmen er wohl nicht zögern sollte.

So blieb er denn stehen, zuckte zornig mit den Achseln und stellte seine Bretter herum. Der Gegenwind verschlug ihm sofort den Atem, sodass er der unbequemen Prozedur der Umstellung sich nochmals unterzog, um zu Luft zu kommen und mit besserer Fassung dem gleichgültigen Feinde die Stirn zu bieten. Bei gesenktem Kopfe und vorsichtig geregeltem Atemhaushalt gelang ihm denn auch, in umgekehrter Richtung sich in Bewegung zu setzen – überrascht, trotz böser Erwartungen, von den Schwierigkeiten des Vorwärtskommens, die namentlich aus seiner Blindheit und seiner Atemknappheit erwuchsen. Jeden Augenblick war er zum Haltmachen gezwungen, erstens, um hinter dem Sturme Luft zu schöpfen, und dann auch, weil er, geneigten Kopfes aufwärts blinzelnd, nichts sah vor weißer Verfinsterung und sich vor dem Anrennen an Bäume, dem Geworfenwerden durch Hindernisse hüten musste. Die Flocken flogen ihm massenweise ins Gesicht und schmolzen dort, sodass es erstarrte. Sie flogen ihm in den Mund, wo sie mit schwach wässerigem Geschmack zergingen, flogen gegen seine Lider, die sich krampfhaft schlossen, überschwemmten die Augen und verhinderten jede Ausschau – die übrigens nutzlos gewesen wäre, da die dichte Verschleierung des Blickfeldes und die Blendung durch all das Weiß den Gesichtssinn ohnedies fast völlig ausschalteten. Es war das Nichts, das weiße, wirbelnde Nichts, worein er blickte, wenn er sich zwang, zu sehen. Und nur zuweilen tauchten gespenstische Schatten der Erscheinungswelt darin auf: ein Latschenbusch, eine Fichtengruppe, die schwache Silhouette des Schobers auch, an dem er kürzlich vorübergekommen.

Er ließ ihn liegen, suchte über die Halde hin, wo der Schuppen stand, seinen Rückweg. Aber ein Weg war ja nicht vorhanden; eine Richtung zu halten, die ungefähre Richtung nach Hause, ins Tal, war weit mehr Glücks- als Verstandessache, da man allenfalls die Hand vor Augen, aber nicht einmal bis zu den Spitzen seiner Schneeschuhe sah; und hätte man auch besser gesehen, so wären doch immer noch ausgiebige Vorkehrungen getroffen gewesen, ein Vorwärtskommen aufs Äußerste zu erschweren: das Gesicht voll Schnee, den Sturm als Widersacher, der die Atmung zerstörte, sie abschnitt, das Aufnehmen von Luft wie den Aushauch verhinderte und jeden Augenblick zu schnappender Abkehr zwang – da sollte dieser und jener vorwärtskommen, Castorp oder ein anderer, Stärkerer –, man blieb stehen, schnappte, drückte sich blinzelnd das Wasser aus den Wimpern, klopfte den Harnisch von Schnee herunter, der sich einem auf die Frontseite gelegt hatte, und empfand es als unvernünftige Zumutung, unter solchen Umständen vorwärtszukommen.

Hans Castorp kam dennoch vorwärts, das heißt: Er kam von der Stelle. Allein ob das ein zweckmäßiges Fortkommen, ein Fortkommen in rechter Richtung war, und ob es nicht weniger falsch gewesen wäre, zu bleiben, wo man war (was aber auch nicht tunlich schien), das stand dahin, es sprach sogar die theoretische Wahrscheinlichkeit dagegen, und praktisch genommen schien es Hans Castorp bald, als sei mit dem Grund und Boden nicht alles in Ordnung, als habe er nicht den richtigen unter den Füßen, das heißt die flache Halde, die er von der Schlucht aufsteigend mit großer Mühe wiedergewonnen und die es vor allem wieder zurückzulegen galt. Die Ebene war zu kurz gewesen, er stieg schon wieder. Offenbar hatte der Sturm, der von Südwest, aus der Gegend des Talausgangs kam, mit seinem wütenden Gegendrucke ihn abgedrängt. Es war ein falsches Fortkommen, schon längere Zeit, mit dem er sich abmattete. Blindlings, umhüllt von wirbelnder, weißer Nacht, arbeitete er sich nur tiefer ins Gleichgültig-Bedrohliche hinein.

»Na, so was!«, sagte er zwischen den Zähnen und machte halt. Pathetischer drückte er sich nicht aus, obgleich es ihm einen Augenblick war, als griffe eine eiskalte Hand nach seinem Herzen, sodass es aufzuckte und dann mit so raschen Schlägen gegen seine Rippen pochte wie damals, als Rhadamanthys die feuchte Stelle bei ihm entdeckt. Denn er sah ein, dass er kein Recht hatte auf große Worte und Gebärden, da Herausforderung sein Teil gewesen und alle Bedenklichkeiten der Lage auf seine eigenste Rechnung kamen. »Nicht schlecht«, sagte er und fühlte, dass seine Gesichtszüge, die Ausdrucksmuskeln seiner Miene, der Seele nicht mehr gehorchten und gar nichts wiederzugeben vermochten, weder Furcht noch Wut noch Verachtung, denn sie waren erstarrt. »Was nun? Hier schräg hinunter und fortan hübsch der Nase nach, immer genau gegen den Wind. Das ist zwar leichter gesagt als getan«, fuhr er keuchend und abgerissen, aber tatsächlich halblaut sprechend fort, indem er sich wieder in Bewegung setzte, »aber geschehen muss etwas, ich kann mich nicht hinsetzen und warten, denn dann werde ich zugedeckt von hexagonaler Regelmäßigkeit, und Settembrini, wenn er mit seinem Hörnchen kommt, um nach mir zu sehen, findet mich hier mit Glasaugen hocken, eine Schneemütze schief auf dem Kopf …« Er nahm wahr, dass er mit sich selber sprach, und zwar etwas sonderbar. Darum verwies er es sich, tat es aber wiederum halblaut und ausdrücklich, obgleich seine Lippen so lahm waren, dass er auf ihre Benutzung verzichtete und ohne die Konsonanten sprach, die mit ihrer Hilfe gebildet werden, was ihn selbst an eine frühere Lebenslage erinnerte, in der es ebenso gewesen war. »Schweig still und sieh, dass du fortkommst«, sagte er und fügte hinzu: »Mir scheint, du faselst und bist nicht ganz klar im Kopf. Das ist schlimm in gewisser Hinsicht.«

Allein, dass es schlimm war, unter dem Gesichtspunkt seines Davonkommens, war eine reine Feststellung der kontrollierenden Vernunft, gewissermaßen einer fremden, unbeteiligten, wenn auch besorgten Person. Für sein natürliches Teil war er sehr geneigt, sich der Unklarheit zu überlassen, die mit zunehmender Müdigkeit Besitz von ihm ergreifen wollte, nahm jedoch von dieser Geneigtheit Notiz und hielt sich gedanklich darüber auf. »Das ist die modifizierte Erlebnisart von einem, der im Gebirge in einen Schneesturm gerät und nicht mehr heimfindet«, dachte er arbeitend und redete abgerissene Brocken davon atemlos vor sich hin, indem er deutlichere Ausdrücke aus Diskretion vermied. »Wer nachher davon hört, stellt es sich grässlich vor, vergisst aber, dass die Krankheit – und meine Lage ist ja gewissermaßen eine Krankheit – sich ihren Mann schon so zurichtet, dass sie miteinander auskommen können. Da gibt es sensorische Herabminderungen, Gnadennarkosen, Erleichterungsmaßnahmen der Natur, jawohl … Man muss jedoch dagegen kämpfen, denn sie haben ein doppeltes Gesicht, sind zweideutig im höchsten Grad; bei ihrer Würdigung kommt alles auf den Gesichtspunkt an. Sie sind gut gemeint und eine Wohltat, sofern man eben nicht heimkommen soll, sind aber sehr schlimm gemeint und äußerst bekämpfenswert, sofern von Heimkommen überhaupt noch die Rede ist, wie bei mir, der ich nicht daran denke, in diesem meinem stürmisch schlagenden Herzen nicht daran denke, mich hier von blödsinnig regelmäßiger Kristallometrie zudecken zu lassen …«

Wirklich war er schon stark mitgenommen und bekämpfte die beginnende Unklarheit seines Sensoriums auf unklare und fieberhafte Art. Er erschrak nicht so, wie er gesunderweise hätte erschrecken sollen, als er gewahrte, dass er schon wieder von der ebenen Bahn abgekommen war: diesmal offenbar nach der anderen Seite, dorthin, wo die Halde sich senkte. Denn er fuhr ab, bei schrägem Gegenwinde, und obgleich er das vorderhand nicht hätte tun dürfen, war es für den Augenblick das Bequemste. »Schon recht«, dachte er. »Weiter unten werde ich wieder Richtung nehmen.« Und das tat er oder glaubte es zu tun, oder glaubte es auch selber nicht recht, oder, noch bedenklicher, es fing an, ihm gleichgültig zu werden, ob er es tat oder nicht. So wirkten die zweideutigen Ausfälle, die er nur matt bekämpfte. Jene Mischung aus Müdigkeit und Aufregung, die den vertrauten Dauerzustand eines Gastes bildete, dessen Akklimatisation in der Gewöhnung darin bestand, dass er sich nicht gewöhnte, hatte sich in ihren beiden Bestandteilen so weit verstärkt, dass von einem besonnenen Verhalten gegen die Ausfälle nicht mehr die Rede sein konnte. Benommen und taumelig, zitterte er vor Trunkenheit und Exzitation, sehr ähnlich wie nach einem Kolloquium mit Naphta und Settembrini, nur ungleich stärker; und so mochte es kommen, dass er seine Trägheit im Bekämpfen der narkotischen Ausfälle mit betrunkenen Reminiszenzen an solche Erörterungen beschönigte – trotz seiner verächterischen Empörung gegen das Zugedecktwerden durch hexagonale Regelmäßigkeit etwas in sich hineinfaselte, des Sinnes oder Unsinnes: Das Pflichtgefühl, das ihn anhalten wolle, die verdächtigen Herabminderungen zu bekämpfen, sei nichts als bloße Ethik, das heiße schäbige Lebensbürgerlichkeit und irreligiöse Philisterei. Wunsch und Versuchung, sich niederzulegen und zu ruhen, beschlichen in der Gestalt seinen Sinn, dass er sich sagte, es sei wie bei einem Sandsturm in der Wüste, der die Araber veranlasse; sich aufs Gesicht zu werfen und den Burnus über den Kopf zu ziehen. Nur ebenden Umstand, dass er keinen Burnus habe und dass man eine wollene Weste nicht recht über den Kopf ziehen könne, empfand er als Einwand gegen ein solches Verhalten, obgleich er kein Kind war und aus mancherlei Überlieferung ziemlich genau Bescheid wusste, wie man erfriert.

Nach mäßig rascher Abfahrt und einiger Ebenheit ging es nun wieder aufwärts, und zwar recht steil. Das brauchte nicht falsch zu sein, denn zwischendurch musste es bei dem Wege ins Tal auch wieder einmal aufwärts gehen, und was den Wind betraf, so hatte er sich wohl launisch gedreht, denn Hans Castorp hatte ihn neuerdings im Rücken und fand das dankenswert, an und für sich. Beugte ihn übrigens der Sturm, oder übte die vom dämmerigen Gestöber verschleierte weiche weiße Schrägfläche vor ihm eine Anziehung auf seinen Körper aus, sodass er sich ihr zuneigte? Nur um ein Hinlehnen würde es sich handeln, wenn man sich ihr überließ, und die Versuchung dazu war groß – ganz so groß, wie es im Buche stand und als typisch gefährlich gekennzeichnet war, was jedoch der lebendig gegenwärtigen Macht der Versuchung durchaus keinen Abbruch tat. Sie behauptete individuelle Rechte, wollte sich ins allgemein Bekannte nicht einordnen lassen, sich nicht darin wiedererkennen, erklärte sich als einmalig und unvergleichbar in ihrer Dringlichkeit – ohne freilich leugnen zu können, dass sie eine Zuflüsterung von bestimmter Seite war, die Eingebung eines Wesens in spanischem Schwarz mit schneeweißer, gefalteter Tellerkrause, an dessen Idee und prinzipielle Vorstellung sich allerlei Düsteres, scharf Jesuitisches und Menschenfeindliches knüpfte, allerlei Folter- und Prügelknechtschaft, Herrn Settembrini ein Gräuel, als welcher sich aber demgegenüber auch nur lächerlich machte, mit seiner Drehorgel und seiner ragione …

Doch hielt Hans Castorp sich redlich und widerstand der Lockung, sich hinzulehnen. Er sah nichts, aber er kämpfte und kam von der Stelle – zweckmäßig oder nicht, aber er tat das Seine und regte sich, den lastenden Banden zum Trotz, in die der Froststurm immer schwerer seine Glieder schlug. Da ihm der Aufstieg zu steil wurde, lenkte er seitlich, ohne sich viel Rechenschaft davon zu geben, und fuhr eine Weile so an der Schräge hin. Die verkrampften Lider zu trennen und auszuspähen war eine Anstrengung, deren erprobte Nutzlosigkeit wenig dazu ermutigte, sie auf sich zu nehmen. Dennoch sah er zuweilen etwas: Fichten, die zusammentraten, einen Bach oder Graben, dessen Schwärze sich zwischen überhängenden Schneerändern vom Gelände abzeichnete; und als es zur Abwechslung wieder einmal bergab mit ihm ging, übrigens gegen den Sturm, gewahrte er vor sich in einiger Ferne, frei schwebend gleichsam im fegenden Schleiergewirr, den Schatten einer menschlichen Baulichkeit.

Willkommener, tröstlicher Anblick! Rüstig hatte er es geschafft, trotz aller Widrigkeiten, dass nun sogar schon menschliche Baulichkeiten erschienen, zum Zeichen, das bewohnte Tal sei nahe. Vielleicht waren Menschen dort; vielleicht konnte man bei ihnen eintreten, um unter Dach und Fach das Ende des Wetters abzuwarten und nötigenfalls Begleitung und Führung zu haben, wenn unterdessen die natürliche Dunkelheit sollte eingefallen sein. Er hielt auf das chimärische, oft ganz im Wetterdunkel verschwindende Etwas zu, hatte noch einen Kräfte verzehrenden Aufstieg gegen den Wind zu überwinden, um es zu erreichen, und überzeugte sich, angekommen, mit Empörung, Staunen, Schrecken und Schwindelgefühl, dass es die bekannte Hütte, der Heuschober mit steinbeschwertem Dache war, den er auf allerlei Umwegen und mit redlichster Anspannung zurückerobert hatte.

Das war des Teufels. Schwere Verwünschungen lösten sich, unter Auslassung der Labiallaute, von Hans Castorps erstarrten Lippen. Er stocherte sich zu seiner Orientierung um die Hütte herum und stellte fest, dass er sie von hinten wieder erreicht und also eine gute Stunde lang – seiner Schätzung nach – den reinsten und nichtsnutzigsten Unsinn getrieben hatte. Aber so ging es, so stand es im Buche. Man lief im Kreise herum, plagte sich ab, die Vorstellung der Förderlichkeit im Herzen, und beschrieb dabei irgendeinen weiten, albernen Bogen, der in sich selber zurückführte wie der vexatorische Jahreslauf. So irrte man herum, so fand man nicht heim. Hans Castorp erkannte das überlieferte Phänomen mit einer gewissen Befriedigung, wenn auch mit Schrecken, und schlug sich auf den Schenkel vor Grimm und Staunen, weil sich das Allgemeine in seinem eigentümlichen, individuellen und gegenwärtigen Fall so pünktlich ereignet hatte.

Der einsame Schuppen war unzugänglich, die Tür verschlossen, man konnte nirgends hinein. Aber Hans Castorp beschloss dennoch, vorderhand hier zu bleiben, denn das vorstehende Dach gewährte die Illusion einer gewissen Wirtlichkeit, und die Hütte selbst, an ihrer dem Gebirge zugekehrten Seite, die Hans Castorp aufsuchte, bot wirklich einigen Schutz gegen den Sturm, wenn man sich mit der Schulter gegen die aus Baumstämmen gezimmerte Wand lehnte, da es mit dem Rücken, der langen Schneeschuhe wegen, nicht füglich gehen wollte. Schräg angelehnt stand er, nachdem er den Skistock neben sich in den Schnee gestoßen, die Hände in den Taschen, den Kragen seiner Wolljacke hochgestellt, das äußere Bein als Gegenstütze benutzend, und ließ den taumeligen Schädel mit geschlossenen Augen an der Bohlenwand ruhen, indem er nur dann und wann, der Schulter entlang, über die Schlucht hin zur jenseitigen Bergwand hinüberblinzelte, die manchmal matt im Geschleier sichtbar wurde.

Seine Lage war vergleichsweise behaglich. »So kann

ich notfalls die ganze Nacht stehen«, dachte er, »wenn ich von Zeit zu Zeit das Bein wechsle, mich sozusagen auf die andere Seite lege und mir zwischendurch natürlich etwas Bewegung mache, was unerlässlich ist. Wenn auch außen verklammt, habe ich doch innerlich Wärme gesammelt bei der Bewegung, die ich gemacht, und so war die Exkursion doch nicht ganz nutzlos, wenn ich auch umgekommen bin und von der Hütte zur Hütte geschweift ... ›Umgekommen‹, was ist denn das für ein Ausdruck? Man braucht ihn gar nicht, er ist nicht üblich für das, was mir zugestoßen, ganz willkürlich setze ich ihn dafür ein, weil ich nicht so ganz klar im Kopfe bin; und doch ist es in seiner Art ein richtiges Wort, wie mir scheint ... Nur gut, dass ich es aushalten kann, denn das Treiben, das Schneetreiben, das Unfug-Treiben, kann gut und gern bis morgen früh währen, und wenn es auch nur bis zum Dunkelwerden währt, so ist das schlimm genug, denn bei Nacht ist die Gefahr des Umkommens, des im Kreise Herumkommens ebenso groß wie beim Schneesturm ... Es müsste sogar schon Abend sein, ungefähr sechs – so viel Zeit, wie ich beim Umkommen vertrödelt habe. Wie spät ist es denn?« Und er sah nach der Uhr, obgleich es den starren Fingern nicht leichtfiel, sie ohne Gefühl aus den Kleidern zu graben – nach seiner goldenen Springdeckeluhr mit Monogramm, die lebhaft und pflichttreu hier in der wüsten Einsamkeit tickte, ähnlich seinem Herzen, dem rührenden Menschenherzen in der organischen Wärme seiner Brustkammer …

Es war halb fünf. Was Teufel, so viel war es ja beinahe schon gewesen, als das Wetter losgegangen war. Sollte er glauben, dass sein Herumirren kaum eine Viertelstunde gedauert hatte? »Die Zeit ist mir lang geworden«, dachte er. »Das Umkommen ist langweilig, wie es scheint. Aber um fünf oder halb sechs wird es regelrecht dunkel, das bleibt bestehen. Wird es vorher aufhören, rechtzeitig genug, dass ich vor weiterem Umkommen bewahrt bleibe? Darauf könnte ich einen Schluck Portwein nehmen, zu meiner Stärkung.«

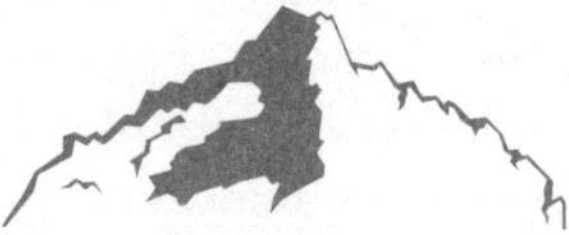

## Erich Kästner

# *Drei Männer im Schnee*

Früh gegen sieben Uhr polterten die ersten Gäste aus ihren Zimmern. Es klang, als marschierten Kolonnen von Tiefseetauchern durch die Korridore. Der Frühstückssaal hallte wider von den Gesprächen und vom Gelächter hungriger, gesunder Menschen. Die Kellner balancierten üppig beladene Tabletts. Später schleppten sie Lunchpakete herbei und überreichten sie den Gästen, die erst am Nachmittag von größeren Skitouren zurückkehren wollten.

Heute zog auch Hoteldirektor Kühne wieder in die Berge. Als er, gestiefelt und gespornt, beim Portier vorüberkam, sagte er: »Herr Polter, sehen Sie zu, dass dieser Schulze keinen Quatsch macht! Der Kerl ist heimtückisch. Seine Ohrläppchen sind angewachsen. Und kümmern Sie sich um den kleinen Millionär!«

»Wie ein Vater«, erklärte Onkel Polter ernst. »Und dem Schulze werde ich irgendeine Nebenbeschäftigung verpassen. Damit er nicht übermütig wird.« Karl der Kühne musterte das Barometer. »Ich bin vor dem Diner wieder da.« Fort war er.

»Na, wenn schon«, sagte der Portier und sortierte anschließend die Frühpost.

Herr Kesselhuth saß noch in der Wanne, als es klopfte. Er meldete sich nicht. Denn er hatte Seife in den Augen. Und Kopfschmerzen hatte er außerdem. »Das kommt vom Saufen«, sprach er zu sich selber. Und dann ließ er sich kaltes Wasser übers Genick laufen.

Da wurde die Badezimmertür geöffnet, und ein wilder, lockiger Gebirgsbewohner trat ein. »Guten Morgen wünsch ich«, erklärte er. »Entschuldigen Sie, bitt schön. Aber ich bin der Graswander Toni.« – »Da kann man nichts machen«, sagte der nackte Mann in der Wanne. »Wie gehts?«

»Danke der Nachfrage. Es geht.«

»Das freut mich«, versicherte Kesselhuth in gewinnender Manier. »Und worum handelt sichs? Wollen Sie mir den Rücken abseifen?«

Anton Graswander zuckte die Achseln. »Schon, schon. Aber eigentlich komm ich wegen dem Skiunterricht.«

»Ach so!«, rief Kesselhuth. Dann streckte er einen Fuß aus dem Wasser, bearbeitete ihn mit Bürste und Seife und fragte: »Wollen wir mit dem Skifahren nicht lieber warten, bis ich abgetrocknet bin?«

Der Toni sagte: »Please, Sir!« Er war ein internationaler Skilehrer. »Ich warte drunten in der Halle. Ich hab dem Herrn ein Paar Bretteln mitgebracht. Prima Eschenholz.« Dann ging er wieder.

Auch Hagedorns morgendlicher Schlummer erlitt eine Störung. Er träumte, dass ihn jemand rüttele und schüttele, und rollte sich gekränkt auf die andre Seite des breiten Betts. Aber der Jemand ließ sich nicht entmutigen. Er wanderte um das Bett herum, schlug die Steppdecke zurück, zog ihm den Pyjama vom Leibe, goss aus einer Flasche kühles Öl auf den Rücken des Schläfers und begann ihn mit riesigen Händen zu kneten und zu beklopfen.

»Lassen Sie den Blödsinn!«, murmelte Hagedorn und haschte vergeblich nach der Decke. Dann lachte er plötzlich und rief: »Nicht kitzeln!« Endlich wachte er ein wenig auf, drehte den Kopf zur Seite, bemerkte einen großen Mann mit aufgerollten Hemdsärmeln und fragte erbost: »Sind Sie des Teufels, Herr?«

»Nein, der Masseur«, sagte der Fremde. »Ich bin bestellt. Mein Name ist Masseur Stünzner.«

»Ist Masseur Ihr Vorname?«, fragte der junge Mann.

»Eher Beruf«, antwortete der andre und verstärkte seine handgreiflichen Bemühungen. Es schien nicht ratsam, Herrn Stünzner zu reizen. »Ich bin in seiner Gewalt«, dachte der junge Mann. »Er ist ein jähzorniger Masseur. Wenn ich ihn kränke, massiert er mich in Grund und Boden.«

Alle Knochen taten ihm weh. Und das sollte gesund sein?

Geheimrat Tobler wurde nicht geweckt. Er schlief, in seinen uralten warmen Mantel gehüllt, turmhoch über allem irdischen Lärm. Fern von Masseuren und Skilehrern. Doch als er erwachte, war es noch dunkel.

Er blieb lange Zeit, im friedlichen Halbschlummer, liegen. Und er wunderte sich, in regelmäßigen Abständen, dass es nicht heller wurde.

Endlich kletterte er aus dem Bett und blickte auf die Taschenuhr. Die Leuchtziffern teilten mit, dass es zehn Uhr war. »Offensichtlich eine Art Sonnenfinsternis«, dachte er und ging kurz entschlossen wieder ins Bett. Es war hundekalt im Zimmer.

Aber er konnte nicht wieder einschlafen. Und, vor sich hindösend, kam ihm eine Idee. Er stieg wieder aus dem Bett heraus, zündete ein Streichholz an und betrachtete das nahezu waagrechte Dachfenster. Das Fenster lag voller Schnee. »Das ist also die Sonnenfinsternis!«, dachte er. Er stemmte das Fenster hoch. Der größere Teil des auf dem Fenster liegenden, über Nacht gefallenen Schnees prasselte das Dach hinab. Der Rest, es waren immerhin einige Kilo, fiel in und auf Toblers Pantoffeln.

Er schimpfte. Aber es klang nicht sehr überzeugend. Draußen schien die Sonne. Sie drang wärmend in die erstarrte Kammer. Herr Geheimrat Tobler zog den alten Mantel aus, stellte sich auf den Stuhl, steckte den Kopf durchs Fenster und nahm ein Sonnenbad. Die Nähe und der Horizont waren mit eisig glänzenden Berggipfeln und rosa schimmernden Felsschroffen angefüllt.

Schließlich stieg er wieder vom Stuhl herunter, wusch und rasierte sich, zog den violetten Anzug an, umgürtete die langen Hosenbeine mit einem Paar Wickelgamaschen, das aus dem Weltkrieg stammte, und ging in den Frühstückssaal hinunter.

Hier traf er Hagedorn. Sie begrüßten einander aufs Herzlichste. Und der junge Mann sagte: »Herr Kesselhuth ist schon auf der Skiwiese.« Dann frühstückten sie gründlich.

Durch die großen Fenster blickte man in den Park. Die Bäume und Büsche sahen aus, als ob auf ihren Zweigen Schnee blühe, genau wie Blumen blühen. Darüber erhoben sich die Kämme und Gipfel der winterlichen Alpen. Und über allem, hoch oben, strahlte wolkenloser, tiefblauer Himmel.

»Es ist so schön, dass man aus der Haut fahren könnte!«, sagte Hagedorn. »Was unternehmen wir heute?«

»Wir gehen spazieren«, meinte Schulze. »Es ist vollkommen gleichgültig, wohin.« Er breitete sehnsüchtig die Arme aus. Die zu kurzen Ärmel rutschten vor

Schreck bis an die Ellbogen. Dann sagte er: »Ich warne Sie nur vor einem: Wagen Sie es nicht, mir unterwegs mitzuteilen, wie die einzelnen Berge heißen!«

Hagedorn lachte. »Keine Sorge, Schulze! Mir gehts wie Ihnen. Man soll die Schönheit nicht duzen!«

»Die Frauen ausgenommen«, erklärte Schulze aufs Entschiedenste.

»Wie Sie wünschen!«, sagte der junge Mann. Dann bat er einen der Kellner, er möge ihm doch aus der Küche einen großen leeren Marmeladeneimer besorgen. Der Kellner führte den merkwürdigen Auftrag aus, und die beiden Preisträger brachen auf.

Onkel Polter überlief eine Gänsehaut, als er Schulzes Wickelgamaschen erblickte. Auch über Hagedorns Marmeladeneimer konnte er sich nicht freuen. Es sah aus, als ob zwei erwachsene Männer fortgingen, um im Sand zu spielen.

Sie traten aus dem Hotel. »Kasimir ist über Nacht noch schöner geworden!«, rief Hagedorn begeistert aus, lief zu dem Schneemann hinüber, stellte sich auf die Zehenspitzen und stülpte ihm den goldgelben Eimer aufs Haupt. Dann übte er, schmerzverzogenen Gesichts, Schulterrollen und sagte: »Dieser Stünzner hat mich völlig zugrunde gerichtet!«

»Welcher Stünzner?«, fragte Schulze.

»Der Masseur Stünzner«, erklärte Hagedorn. »Ich komme mir vor, als hätte man mich durch eine Wringmaschine gedreht. So ähnlich muss sich Prokrustes gefühlt haben. Und das soll gesund sein? Das ist vorsätzliche Körperverletzung!«

»Es ist trotzdem gesund«, behauptete Schulze.

»Wenn er übermorgen wiederkommt«, sagte Hagedorn, »schicke ich ihn in Ihre Rumpelkammer. Soll er sich bei Ihnen austoben!«

Da öffnete sich die Hoteltür, und Onkel Polter stapfte durch den Schnee. »Hier ist ein Brief, Herr Doktor. Und in dem anderen Kuvert sind ein paar ausländische Briefmarken.«

»Danke schön«, sagte der junge Mann. »Oh, ein Brief von meiner Mutter! Wie gefällt Ihnen übrigens Kasimir?«

»Darüber möchte ich mich lieber nicht äußern«, erwiderte der Portier.

»Erlauben Sie mal!«, rief der junge Mann. »Kasimir gilt unter Fachleuten für den schönsten Schneemann zu Wasser und zu Lande!«

»Ach so«, sagte Onkel Polter. »Ich dachte, Kasimir sei der Vorname von Herrn Schulze.« Er verbeugte sich leicht und ging zur Hoteltür zurück. Dort drehte er sich noch einmal um. »Von Schneemännern verstehe ich nichts.«

Sie folgten einem Weg, der über verschneites, freies Gelände führte. Später kamen sie in einen Tannenwald und mussten steigen. Die Bäume waren uralt und riesengroß. Manchmal löste sich die schwere Schneelast von einem der Zweige und stäubte in dichten weißen Wolken auf die zwei Männer herab, die schweigend durch die märchenhafte Stille spazierten. Der Sonnenschein, der streifig über dem Bergpfad schwebte, sah aus, als habe ihn eine gütige Fee gekämmt.

Als sie einer Bank begegneten, machten sie halt. Hagedorn schob den Schnee beiseite, und sie setzten sich. Ein Eichhörnchen lief eilig über den Weg.

Nach einer Weile erhoben sie sich wortlos und gingen weiter. Der Wald war zu Ende. Sie gerieten auf freies Feld. Ihr Pfad schien im Himmel zu münden. In Wirklichkeit bog er rechts ab und führte zu einem baumlosen Hügel, auf dem sich zwei schwarze Punkte bewegten.

Hagedorn sagte: »Ich bin glücklich! Bis weit über die Grenzen des Erlaubten!« Er schüttelte befremdet den Kopf. »Wenn mans so bedenkt: Vorgestern noch in Berlin. Seit Jahren ohne Arbeit. Und in vierzehn Tagen wieder in Berlin …«

»Glücklichsein ist keine Schande«, sagte Schulze, »sondern eine Seltenheit.«

Plötzlich entfernte sich der eine der schwarzen Punkte von dem anderen. Der Abstand wuchs. Der Punkt wuchs auch. Es war ein Skifahrer. Er kam mit unheimlicher Geschwindigkeit näher und hielt sich mit Mühe aufrecht.

»Da gehen jemandem die Schneeschuhe durch«, meinte Hagedorn.

Ungefähr zwanzig Meter vor ihnen tat der Skifahrer einen marionettenhaften Sprung, stürzte kopfüber in eine Schneewehe und war verschwunden.

»Spielen wir ein bisschen Feuerwehr!«, rief Schulze. Dann liefen sie querfeldein, versanken wiederholt bis an die Hüften im Schnee und halfen einander, so gut es ging, vorwärts.

Endlich erblickten sie ein Paar zappelnde Beine und ein Paar Skibretter und zogen und zerrten an dem fremden Herrn, bis er, dem Schneemann Kasimir nicht unähnlich, zum Vorschein kam. Er hustete und prustete, spuckte pfundweise Schnee aus und sagte dann tieftraurig: »Guten Morgen, meine Herren.« Es war Johann Kesselhuth.

Herr Schulze lachte Tränen. Doktor Hagedorn klopfte den Schnee vom Anzug des Verunglückten. Und Kesselhuth befühlte misstrauisch seine Gliedmaßen. »Ich bin anscheinend noch ganz«, meinte er dann.

»Weshalb sind Sie denn in diesem Tempo den Hang heruntergefahren?«, fragte Schulze.

Kesselhuth sagte ärgerlich: »Die Bretter sind gefahren. Ich doch nicht!«

Nun kam auch der Graswander Toni angesaust. Er fuhr einen eleganten Bogen und blieb mit einem Ruck stehen. »Aber, mein Herr!«, rief er. »Schussfahren kommt doch erst in der fünften Stunde dran!«

Nach dem Mittagessen gingen die drei Männer auf die Hotelterrasse hinaus, legten sich in bequeme Liegestühle, schlossen die Augen und rauchten Zigarren. Die Sonne brannte heißer als im Sommer.

»In ein paar Tagen werden wir wie die Neger aussehen«, meinte Schulze. »Braune Gesichtsfarbe tut Wunder. Man blickt in den Spiegel und ist gesund.« Die anderen nickten zustimmend.

Nach einiger Zeit sagte Hagedorn: »Wissen Sie, wann meine Mutter den Brief geschrieben hat, der heute ankam? Während ich in Berlin beim Fleischer war, um Wurst für die Reise zu holen.«

»Wozu diese Überstürzung?«, fragte Kesselhuth verständnislos.

»Damit ich bereits am ersten Tage Post von ihr hätte!«

»Aha!«, sagte Schulze. »Ein sehr schöner Einfall.«

Die Sonne brannte. Die Zigarren brannten nicht mehr. Die drei Männer schliefen. Herr Kesselhuth träumte vom Skifahren. Der Graswander Toni stand auf dem einen Turm der Münchner Frauenkirche. Und er, Kesselhuth, auf dem andern Turm.

»Und jetzt eine kleine Schussfahrt«, sagte der Toni. »Über das Kirchendach, bitte schön. Und dann, mit einem stilreinen Sprung, in die Brienner Straße. Vorm Hofgarten, beim Annast machen S' einen Stemmbogen und warten auf mich.«

»Ich fahre nicht«, erklärte Kesselhuth. »Das würde

mir nicht einmal im Traum einfallen!« Hierbei fiel ihm ein, dass er träumte! Da wurde er mutig und sagte zum Toni: »Rutschen Sie mir in stilreinen Stemmbögen den Buckel runter!« Anschließend lächelte er im Schlaf.

Johanna Spyri

# *Heidi bei der Großmutter*

Aber vor allem anziehend war für das Heidi an solchen Windtagen das Wogen und Rauschen in den drei alten Tannen hinter der Hütte. Da musste es immer von Zeit zu Zeit hinlaufen von allem andern weg, was es auch sein mochte, denn so schön und wunderbar war gar nichts wie dieses tiefe, geheimnisvolle Tosen in den Wipfeln da droben; da stand Heidi unten und lauschte hinauf und konnte niemals genug bekommen, zu sehen und zu hören, wie das wehte und wogte und rauschte in den Bäumen mit großer Macht. Jetzt gab die Sonne nicht mehr heiß wie im Sommer, und Heidi suchte seine Strümpfe und Schuhe hervor und auch den Rock, denn nun wurde es immer frischer, und wenn das Heidi unter den Tannen stand, wurde es durchblasen wie ein dünnes Blättlein, aber es lief doch immer wieder hin und konnte nicht in der Hütte bleiben, wenn es das Windeswehen vernahm.

Dann wurde es kalt, und der Peter hauchte in die Hände, wenn er früh am Morgen heraufkam, aber nicht lange; denn auf einmal fiel über Nacht ein tiefer Schnee, und am Morgen war die ganze Alm schneeweiß und kein einziges grünes Blättlein mehr zu sehen ringsum. Da kam der Geißenpeter nicht mehr mit seiner Herde, und Heidi schaute ganz verwundert durch das kleine Fenster, denn nun fing es wieder zu schneien an, und die dicken Flocken fielen fort und fort, bis der Schnee so hoch wurde, dass er bis ans Fenster hinaufreichte, und dann noch höher, dass man das Fenster gar nicht mehr aufmachen konnte und man ganz verpackt war in dem Häuschen. Das kam dem Heidi so lustig vor, dass es immer von einem Fenster zum andern rannte, um zu sehen, wie es denn noch werden wollte und ob der Schnee noch die ganze Hütte zudecken wollte, dass man müsste ein Licht anzünden am hellen Tag. Es kam aber nicht so weit, und am andern Tag ging der Großvater hinaus, denn nun schneite es nicht mehr, und schaufelte ums ganze Haus herum und warf große, große Schneehaufen aufeinander, dass es war wie hier ein Berg und dort ein Berg und dort ein Berg um die Hütte herum; aber nun waren die Fenster wieder frei und auch die Türe, und das war gut, denn als am Nachmittag Heidi und der Großvater am Feuer saßen, jedes auf seinem Dreifuß, denn der Großvater hatte längst auch einen für das Kind gezimmert, da polterte auf einmal etwas heran und schlug immerzu gegen die Holzschwelle und machte endlich die Tür auf. Es war der Geißenpeter; er hatte aber nicht aus Unart so gegen die Türe gepoltert, sondern um seinen Schnee von den Schuhen abzuschlagen, die hoch hinauf davon bedeckt waren; eigentlich der ganze Peter war von Schnee bedeckt, denn er hatte sich durch die hohen Schichten so durchkämpfen müssen, dass ganze Massen an ihm hängen geblieben und auf ihm festgefroren waren, denn es war sehr kalt. Aber er hatte nicht nachgegeben, denn er wollte zu Heidi hinauf, er hatte es jetzt acht Tage lang nicht gesehen.

»Guten Abend«, sagte er im Eintreten, stellte sich gleich so nah als möglich ans Feuer heran und sagte weiter nichts mehr; aber sein ganzes Gesicht lachte vor Vergnügen, dass er da war. Heidi schaute ihn sehr verwundert an, denn nun er so nah am Feuer war, fing es überall an ihm zu tauen an, sodass der ganze Peter anzusehen war wie ein gelinder Wasserfall.

»Nun, General, wie stehts?«, sagte jetzt der Großvater. »Nun bist du ohne Armee und musst am Griffel nagen.«

»Warum muss er am Griffel nagen, Großvater?«, fragte Heidi sogleich mit Wissbegierde.

»Im Winter muss er in die Schule gehen«, erklärte der Großvater; »da lernt man lesen und schreiben, und das geht manchmal schwer, da hilfts ein wenig nach, wenn man am Griffel nagt; ists nicht wahr, General?«

»Ja, 's ist wahr«, bestätigte Peter.

Jetzt war Heidis Teilnahme an der Sache wach geworden, und es hatte sehr viele Fragen über die Schule und alles, was da begegnete und zu hören und zu sehen war, an den Peter zu richten, und da immer viel Zeit verfloss über einer Unterhaltung, an der Peter teilnehmen musste, so konnte er derweilen schön trocknen von oben bis unten. Es war immer eine große Anstrengung für ihn, seine Vorstellungen in die Worte zu bringen, die bedeuteten, was er meinte; aber diesmal hatte ers besonders streng, denn kaum hatte er eine Antwort zustande gebracht, so hatte ihm Heidi schon wieder zwei oder drei unerwartete Fragen zugeworfen und meistens solche, die einen ganzen Satz als Antwort erforderten.

Der Großvater hatte sich ganz still verhalten während dieser Unterhaltung, aber es hatte ihm öfter ganz lustig um die Mundwinkel gezuckt, was ein Zeichen war, dass er zuhörte.

»So, General, nun warst du im Feuer und brauchst Stärkung, komm halt mit!« Damit stand der Großvater auf und holte das Abendessen aus dem Schrank hervor, und Heidi rückte die Stühle zum Tisch. Unterdessen war auch eine Bank an die Wand gezimmert worden vom Großvater; nun er nicht mehr allein war, hatte er da und dort allerlei Sitze zu zweien eingerichtet, denn Heidi hatte die Art, dass es sich überall nah zum Großvater hielt, wo er ging und stand und saß. So hatten sie alle drei gut Platz zum Sitzen, und der Peter tat seine runden Augen ganz weit auf, als er sah, welch ein mächtiges Stück von dem schönen getrockneten Fleisch der Alm-Öhi ihm auf seine dicke Brotschnitte legte. So gut hatte es der Peter lange nicht gehabt. Als nun das vergnügte Mahl zu Ende war, fing es an zu dunkeln, und Peter schickte sich zur Heimkehr an. Als er nun »gute Nacht« und »Dank Euch Gott« gesagt hatte und schon unter der Tür war, kehrte er sich noch einmal um und sagte: »Am Sonntag komm ich wieder, heut über acht Tag, und du solltest auch einmal zur Großmutter kommen, hat sie gesagt.«

Das war ein ganz neuer Gedanke für Heidi, dass es zu jemandem gehen sollte, aber er fasste auf der Stelle Boden bei ihm, und gleich am folgenden Morgen war sein Erstes, dass es erklärte: »Großvater, jetzt muss ich gewiss zu der Großmutter hinunter, sie erwartet mich.«

»Es hat zu viel Schnee«, erwiderte der Großvater abwehrend.

Aber das Vorhaben saß fest in Heidis Sinn, denn die Großmutter hatte es ja sagen lassen; so musste es sein. So verging kein Tag mehr, an dem das Kind nicht fünf und sechs Mal sagte: »Großvater, jetzt muss ich gewiss gehen, die Großmutter wartet ja immer auf mich.«

Am vierten Tag, als es draußen knisterte und knarrte vor Kälte bei jedem Schritt und die ganze große Schneedecke ringsum hart gefroren war, aber eine schöne Sonne ins Fenster guckte, gerade auf Heidis hohen Stuhl hin, wo es am Mittagsmahl saß, da begann es wieder sein Sprüchlein: »Heut muss ich aber gewiss zur Großmutter gehen, es währt ihr sonst zu lange.« Da stand der Großvater auf vom Mittagstisch, stieg auf den Heuboden hinauf, brachte den dicken Sack herunter, der Heidis Bettdecke war, und sagte: »So komm!« In großer Freude hüpfte das Kind ihm nach in die glitzernde Schneewelt hinaus. In den alten Tannen war es nun ganz still, und auf allen Ästen lag der weiße Schnee, und in dem Sonnenschein schimmerte und funkelte es überall von den Bäumen in solcher Pracht, dass Heidi hoch aufsprang vor Entzücken und ein Mal übers andere ausrief: »Komm heraus, Großvater, komm heraus! Es ist lauter Silber und Gold an den Tannen!« Denn der Großvater war in den Schopf hineingegangen und kam nun heraus mit einem breiten Stoßschlitten: Da war vorn eine Stange angebracht, und von dem flachen Sitz konnte man die Füße nach vorn hinunterhalten und gegen den Schneeboden stemmen und der Fahrt die Weisung geben. Hier setzte sich der Großvater hin, nachdem er erst die Tannen ringsum mit Heidi hatte beschauen müssen, nahm das Kind auf seinen Schoß, wickelte es um und um in den Sack ein, damit es hübsch warm bleibe, und drückte es fest mit dem linken Arm an sich, denn das war nötig bei der kommenden Fahrt. Dann umfasste er mit der rechten Hand die Stange und gab einen Ruck mit beiden Füßen. Da schoss der Schlitten davon die Alm hinab mit einer solchen Schnelligkeit, dass das Heidi meinte, es fliege in der Luft wie ein Vogel, und laut aufjauchzte. Auf einmal stand der Schlitten still, gerade bei der Hütte vom Geißenpeter. Der Großvater stellte das Kind auf den Boden, wickelte es aus seiner Decke heraus und sagte: »So, nun geh hinein, und wenn es anfängt, dunkel zu werden, dann komm wieder heraus und mach dich auf den Weg.« Dann kehrte er um mit seinem Schlitten und zog ihn den Berg hinauf.

Heidi machte die Türe auf und kam in einen kleinen Raum hinein, da sah es schwarz aus, und ein Herd war da und einige Schüsselchen auf einem Gestell, das war die kleine Küche; dann kam gleich wieder eine Türe, die machte Heidi wieder auf und kam in eine enge Stube hinein, denn das Ganze war nicht eine Sennhütte wie beim Großvater, wo ein einziger, großer Raum war und oben ein Heuboden, sondern es war ein kleines, uraltes Häuschen, wo alles eng war und schmal und dürftig. Als Heidi in das Stübchen trat, stand es gleich vor dem Tisch, daran saß eine Frau und flickte an Peters Wams, denn dieses erkannte Heidi sogleich. In der Ecke saß ein altes, gekrümmtes Mütterchen und spann. Heidi wusste gleich, woran es war; es ging gradaus auf das Spinnrad zu und sagte: »Guten Tag, Großmutter, jetzt komme ich zu dir; hast du gedacht, es währe lang, bis ich komme?«

Die Großmutter erhob den Kopf und suchte die Hand, die gegen sie ausgestreckt war, und als sie diese erfasst hatte, befühlte sie dieselbe erst eine Weile nachdenklich in der ihrigen, dann sagte sie: »Bist du das Kind droben beim Alm-Öhi, bist du das Heidi?«

»Jaja«, bestätigte das Kind, »jetzt gerade bin ich mit dem Großvater im Schlitten heruntergefahren.«

»Wie ist das möglich! Du hast ja eine so warme Hand! Sag, Brigitte, ist der Alm-Öhi selber mit dem Kind heruntergekommen?«

Peters Mutter, die Brigitte, die am Tisch geflickt hatte, war aufgestanden und betrachtete nun mit Neugierde das Kind von oben bis unten; dann sagte sie: »Ich weiß nicht, Mutter, ob der Öhi selber heruntergekommen ist mit ihm; es ist nicht glaublich, das Kind wirds nicht recht wissen.«

Aber das Heidi sah die Frau sehr bestimmt an und gar nicht, als sei es im Ungewissen, und sagte: »Ich weiß ganz gut, wer mich in die Bettdecke gewickelt hat und mit mir heruntergeschlittet ist; das ist der Großvater.«

»Es muss doch etwas daran sein, was der Peter so

gesagt hat den Sommer durch vom Alm-Öhi, wenn wir dachten, er wisse es nicht recht«, sagte die Großmutter; »wer hätte freilich auch glauben können, dass so etwas möglich sei; ich dachte, das Kind lebe keine drei Wochen da oben!«

## Arthur Conan Doyle

# *Ein Alpenpass auf Skiern*

Von außen betrachtet, sehen Skier nicht besonders bösartig aus. Es sind zwei Gleithölzer aus Ulmenholz, 8 Fuß lang, 4 Zoll breit, mit einem eckigen Hinterteil, einer nach oben gerichteten Spitze und in der Mitte Riemen, mit denen die Skier an den Füßen befestigt werden. Wenn man sie anschaut, würde niemand vermuten, welche Möglichkeiten darin versteckt sind. Aber wenn du sie anziehst und dich nur kurz umdrehst, um zu schauen, ob deine Freunde dich ansehen, da liegst du schon mit dem Kopf voran im Schnee, verzweifelt mit den Beinen rudernd. Und wenn du meinst, du hättest es geschafft, wieder aufzustehen, liegst du schon wieder im Schnee, und deine Freunde werden sich mit dir besser amüsieren, als sie je gedacht hätten.

So ist es am Anfang. Natürlich erwartest du, dass der Ärger weitergeht, und du wirst nicht enttäuscht werden. Aber mit der Zeit wird es ein bisschen komplizierter. Skier sind sehr launisch. An einem Tag kann nichts falsch gehen. Am nächsten, bei gleichem Wetter und gleichem Schnee, geht gar nichts. Du stehst oben an einem schönen Hang, du stellst dich auf eine Schussfahrt ein und lehnst nach vorne – doch die Skier kleben fest, und schon liegst du mit dem Gesicht voran im Schnee. Oder du stehst in einer Ebene, die so flach scheint wie ein Billardtisch, und dann beginnen die Skier plötzlich zu laufen, ohne Grund und ohne Warnung, und du liegst auf dem Rücken und schaust in den Himmel. Wer sehr viel Wert auf Würde legt, sollte es deshalb eher mit norwegischen Schneeschuhen versuchen.

Wenn du denkst, dass du jetzt dann gleich stürzt, bleibst du oben. Und wenn du dich absolut sicher fühlst, liegst du im nächsten Moment im Schnee. Wenn du im Zickzack einen eisig gefrorenen Steilhang aufsteigst, der eine Steigung von 75 Prozent hat, und du musst die Skier seitlich in den Schnee hauen, und du denkst, wenn sich jetzt nur schon eine Mücke auf mich setzen will, wird mich ihr Gewicht hinabstürzen lassen – dann passiert nichts, und du kommst sicher oben an.

All das ist in den frühen Phasen des Skifahrens. Du lernst, geradeaus zu gehen, im Zickzack oder wie ein Krebs den Hang hinaufzugehen. Du lernst, wieder herunterzugleiten, ohne das Gleichgewicht zu verlieren, und vor allem lernst du, mit Leichtigkeit zu wenden. Deine Freunde denken, wenn sie dich das erste Mal wenden sehen, das sei zu deinem Spaß. Die langen Skier, die in der Luft herumfuchteln – das sieht wirklich komisch aus, wie ein ausgelassener Negertanz. Aber diese Art des Wendens muss man unbedingt beherrschen. Nur so ist es möglich, an einem steilen Hang zu wenden, ohne abzurutschen.

Vorausgesetzt, dass ein Mann Ausdauer und einen Monat Zeit hat, um diese Anfangsschwierigkeiten zu meistern, wird er bald merken, dass Skifahren ein ganz einzigartiger Sport ist. Das haben noch nicht viele erkannt, aber ich denke, dass eine Zeit kommen wird, in der Hunderte von Engländern in der Skisaison im März und im April in die Schweizer Berge kommen werden. Ich denke, ich kann für mich beanspruchen, dass ich (außer zwei Schweizern) der Erste bin, der auf Skiern in den Bergen war. Aber ich bin sicher, dass Tausende mir folgen werden.

Tatsächlich ist es im Winter leichter als im Sommer, einen normalen Berggipfel zu besteigen oder einen der höheren Pässe zu überqueren, wenn das Wetter anständig ist. Im Sommer muss man nicht nur hinauf-, sondern auch wieder hinunterklettern, was ebenso ermüdend ist. Im Winter ist die Mühe nur halb so groß, weil du mit den Skiern hinunterfahren kannst. Wenn der Schnee einigermaßen fest ist, ist es auch viel einfacher, im Zickzack mit den Skiern aufzusteigen, als im Sommer in der Hitze über Felsbrocken hinaufzukraxeln. Die Temperatur ist im Winter für Sport viel besser geeignet. Was gibt es Angenehmeres als die kalte, frische Luft der Berge? Natürlich ist eine Brille nötig, um die Augen vor dem grellen Leuchten des Schnees zu schützen.

Unser Vorhaben war es, die Berge im Winter von Davos nach Arosa zu überqueren, über den Furka-Pass, der 9000 Fuß (2440 m) hoch ist. Die Distanz ist in der Luftlinie nur 12 bis 14 Meilen (24 km). Aber diese Überquerung ist bis jetzt erst einmal gemacht worden, im letzten Jahr durch die Gebrüder Branger. Sie haben mich bei meiner Expedition begleitet, und man kann sich als Neuling wie ich keine vertrauenswürdigeren Führer vorstellen als sie. Beide sind Männer mit beträchtlicher Ausdauer, und nicht einmal meine mühsamen Versuche, Deutsch zu sprechen, haben sie außer Atem gebracht.

Wir standen am Morgen vor vier Uhr auf und waren um halb fünf unterwegs nach dem Dorf Frauenkirch, von wo wir unseren Aufstieg begannen. Ein großer, bleicher Mond stand am violetten Himmel, der mit Sternen übersät war, wie man sie nur in den Tropen oder in den hohen Alpen sehen kann. Um Viertel nach fünf bogen wir von der Straße ab und begannen, uns den Hang hinaufzumühen, abwechselnd über Böschungen von letztjährigem Gras und über Schneefelder. Wir trugen unsere Skier auf den

Schultern und die Skischuhe um den Hals. Denn es war besser, zu Fuß zu gehen, dort, wo der Schnee hart war. Und überall dort, wo tagsüber die Sonne draufscheint, war er hart. Manchmal, in einer schattigen Mulde, versanken wir bis zu den Hüften im Schnee. Aber insgesamt war es nicht sehr schwer, und da unser Weg meist durch Fichtenwald führte, wäre es mühselig gewesen, die Skier zu benutzen. Nach halb sechs war dieser lange Anstieg geschafft. Wir kamen aus dem Wald und passierten kurz darauf einen hölzernen Kuhstall. Das sollte das letzte Zeichen der Zivilisation bleiben, bis wir in Arosa ankamen.

Da der Schnee immer noch so hart war, dass unsere Schuhe darauf guten Griff hatten, kamen wir rasch vorwärts über weite, ansteigende Schneefelder. Etwas später stieg die Sonne über die Berge hinter uns und tauchte die Schneefelder vor uns in blendendes Licht.

Wir arbeiteten uns den Hang entlang vor bis zu einer Senke, und als der Berg wieder anstieg, war der Schnee weich wie Pulver und so tief, dass wir mit den Skistöcken den Boden erreichen konnten. Hier endlich zogen wir unsere Skier an und strebten im Zickzack die lange, weiße Flanke des Bergs entlang nach oben. Dort machten wir Pause. Sie sind nützlich, diese Skier. Wir zogen sie an, als der Schnee wieder hart genug war, um uns zu tragen. Und oben dienten sie uns als komfortable Sitzunterlage, von der aus wir ein ganzes Panorama von Bergen bestaunten. Keine Angst, geschätzter Leser, ich werde sie jetzt nicht aufzählen. Ich habe ihre Namen nämlich alle wieder vergessen.

Der Schnee wurde jetzt unter der Sonneneinstrahlung schnell weich, und ohne unsere Skier wären wir nicht weitergekommen. Wir stiegen an der steilen Talflanke entlang auf, den Furka-Pass ein gutes Stück vor uns erblickend. Der Schneehang hatte hier einen Neigungswinkel von 50 bis 60 Grad, und unter uns ging er in freien Fall über. Ein Sturz oder ein Ausrutscher hätte ernste Folgen gehabt. Auf der halben Meile, die wirklich gefährlich war, gingen meine zwei erfahreneren Begleiter unter mir. Dann kamen wir in einen Abschnitt des Hanges, wo ein Sturz harmlos geblieben wäre. Und nun folgte der vergnügliche Teil des Skilaufens. Bis jetzt waren wir so schnell vorwärtsgekommen wie mit Schuhen, aber auf einem Untergrund, auf dem wir mit Schuhen verloren gewesen wären. Doch nun begann ein Vergnügen, wie es nur mit Skiern möglich ist. Das Drittel einer Meile glitten wir über sanfte Hügel, überflogen die Schneefelder, ohne unsere Füße bewegen zu müssen. Eine große, unbetretene Ausweitung des Tales, auf allen Seiten Schneefelder, so weit das Auge reichte. Keine Hinweise auf Leben außer den Spuren von Gämsen und Füchsen. Es war großartig, auf diese leichte Art durch diese Landschaft zu gleiten. Am Ende des Hangs brachte uns ein kurzer Zickzackaufstieg um halb neun auf die Passhöhe. Und nun sahen wir die kleinen Spielzeug-Hotels von Arosa zwischen den Tannenwäldern, mehrere Tausend Fuß unter uns.

Jetzt konnten wir wieder etwa eine halbe Meile gleiten, die Skistöcke hinter uns herziehend. Ich dachte, wir hätten das Schwierigste hinter uns und könnten uns nun einfach auf unseren Skiern zu unserm Ziel tragen lassen. Aber die schwerste Stelle stand uns noch bevor. Der Hang unter uns wurde steiler und steiler, bis er schließlich in einen Abgrund überging. Nun bewiesen unsere Skier, dass sie zu noch mehr nützlich sind. Die Branger-Brüder waren beide der Ansicht, dass die Stelle zu schwierig war, um sie mit den Skiern an unseren Füßen zu überwinden. Mir schien, dass uns nur ein Fallschirm weiterhelfen könnte. Doch dann tat ich, was meine Begleiter vormachten: Sie zogen die Skier aus, banden sie zusammen und verwandelten sie in einen ziemlich unförmigen Schlitten. Wir setzten uns darauf, bremsten mit den Absätzen unserer Schuhe und mit dem Stock, den wir hinter uns in den Schnee drückten. So nahmen wir das steilste Stück des Abstiegs in Angriff. Ich denke, dass auch meine Begleiter Angst hatten. Aber ich hatte selbst so viele Probleme, dass ich keine Zeit hatte, mich darum zu kümmern. Ich versuchte, einigermaßen die Richtung zu halten, indem ich mit dem Stock steuerte. Ich versuchte, mit meinen Absätzen zu bremsen, doch meine Beine wurden nach hinten gerissen. Und plötzlich schossen meine zwei zusammengebundenen Skier wie ein Pfeil davon, rasten an den beiden Bangers vorbei und verschwanden über die nächste Kante in den Abgrund.

Der Verlust der Skier hätte im oberen Schneefeld, wo der Schnee 20 bis 30 Fuß (5 bis 8 m) tief liegt, gravierende Folgen gehabt. Aber hier konnte sich der Schnee wegen der Steilheit des Geländes zum Glück nicht auftürmen. So suchte ich meinen Weg abwärts auf meine Art. Mein Schneider sagte mir, dass Harris Tweed sich nicht abnutzen kann, aber im wissenschaftlichen Test zeigte sich, dass seine Theorie nicht stimmt: Er kann die Fetzen seines Anzugs zwischen Furka-Pass und Arosa besichtigen. Ich meinerseits versuchte für den Rest des Tages, mich entlang der Wände zu bewegen …

Wie auch immer, außer dass sich einer der Brangers beim Abstieg das Fußgelenk verstauchte, ging alles gut, und wir kamen in Arosa um halb zwölf an. Damit hatte unsere Tour genau sieben Stunden gedauert. Die Bewohner von Arosa, die uns erwarteten, hatten ausgerechnet, dass wir nicht vor ein Uhr ankommen könnten. Und als sie herauskamen, um uns bei der Abfahrt vom Pass zuzuschauen, hatten wir gerade ein gemütliches Mittagessen im »Seehof«

beendet. Ich will ihnen ja ein kleines Amüsement nicht vergönnen, aber ich war trotzdem froh, dass meine Vorstellung schon vorbei war, als sie sich mit ihren Operngläsern bereit machten. Schließlich geht es mindestens so gut ohne Zuschauer, wenn jemand neue Erfahrungen auf Ski zu machen versucht.

## Max Frisch

# *Schneefreude!*

*Morgen*

Manchmal, statt hinauszujauchzen in den Wintermorgen, was sich ein Erwachsener selbstverständlich nicht gestattet, schlägt man seinen Skistock gegen eine Tanne, damit ein solches Schneekissen zerplumpse und verstiebe in jenes Lichtrieseln, das dann eisig und glitzernd heruntersinkt. Man schlottert vor Lust. Und man steigt weiter, und der Schnee rutscht über die Bretter wie feiner und trockener Zucker, während man im Gleitschritt geht und sich die Bretterspitzen leise hineinsägen in dieses weiche Weiß. Wenn ein Wind herausstreicht und es aufweht, bekommt man eine frische Liebkosung übers Gesicht, sodass man rot wird und lachen muss. Dann schüttelt man sein Haar, das grauweiß geworden ist, und es pendeln lauter Perlen darin.

Es geht durch Wald. Zwischen den Stämmen gibt

es schräge Sonnenbäder. Mit jenen seltsamen und grellen Klecksen, wie wenn man malt und zu viel am Pinsel hat, sodass die Farbe heruntertrieft übers ganze Bild. Die Sonne strömt aus den Wäldern hernieder und übergießt diese Felder. Mit ihren hundert Hügelchen, die kantenlos ineinanderfließen und sanft sind wie eine frauliche Handbewegung. Übrigens: Was auf diesen Tannenästen schwebt, sind keine Schneekissen, sondern ganze Bettdecken; und zwischen solchen blendenden Bettdecken und den schlanken Stämmen, die eine ruhige und wohltuende Ordnung hineintragen, ist der Himmel: ein makelloses Hinblauen.

Schmal ist der Weg. Gerade für ein Paar. Und bloß an rutschgefährlichen Stellen zeigt es sich, dass Mann und Frau allein gehen müssen. Dann ist jedes auf sich selber angewiesen, sobald es heikel wird. Ich spreche nicht vom Leben, sondern vom Weg zum Stoos.

Zwischen den Tannen, die emporpfeilen aus der seitlichen Tiefe, stürzt unser Blick hinunter in eine ferne Ebene. Wie Streichholzschächtelchen sind die Gehöfte von Schwyz, und die Kirchtürme wie Wachskerzen. Sie haben noch keine Sonne. Über den Äckern, deren Schneedecke fadenscheinig ist und einiges Erdbraun durchlässt, hängt noch die steife Morgenkälte: bläulich und glasig. Und nackte Bäume stehen zart und schwarz, als wären sie mit feinstem Tuschpinsel hineingemalt.

Überraschend, indem sich eine Waldlichtung aufreißt, springt der Große Mythen aus diesem flachen Seetal. Seine Wände stehen goldrot und zeigen, wie die Sonne allmählich die Schatten herunterfrisst, während wir steigen und steigen.

*Vom Stoos aus*

Schön und schroff steht der Felsklotz, der sich Klingenstock nennt. Und irgendwo gibt es einen Schneehang, einen steilen und blanken Scheitel, und darin, kaum zu glauben, eine Spur. Es ist ein einsames und enges Schlängeln: mit den geweiteten Mondspuren von verstiebten Schwüngen, dazwischen die schlanken und schüssigen Geraden. Ein namenloser Slalom, hingeschrieben in Sonne und Landschaft: Lernt Ski fahren wie ich!

*Begegnung*

Zufällig lernte ich sie kennen, weil ich gerade stand und die Jacke auszog. Nämlich eine Tanne, die aber keine Tanne mehr ist. Sondern der Winter hat sie stilisiert. Ein entzückendes Schneerätsel. Man steht wie vor einem Picasso: Weiß nicht, was soll es bedeuten? Aber schön ist es. Will nicht Mensch und nicht Baum und nicht Tier darstellen. Einfach schön will es sein – ist das nicht genug? Mit seinen herrlichen Schneelocken, als quellten immerfort neue hervor und als sänken sie dauernd hinab: mit vollendeten

Formen und ohne einen einzigen Missklang. Dann setzt man die Mütze wieder auf: Hat mich sehr gefreut.

### *Abfahrer*

Einige fahren schon nieder? Weit oben entdeckt man gleitende Punkte. Man möchte sie mit Wanzen vergleichen, wenn man sich damit nicht selber übel beleumdete. Langsam bewegen sie sich über diese Hänge, die sich vergleichen dürfen mit Parsenn. Ein großzügiges und schwungvolles Gelände. Bloß nicht jene Länge wie Parsenn. Dafür auch nicht jene Völkerfahrt. Und dafür manchmal ein Feld, wo man eine erste Spur ziehen darf.

Wahrhaftig: Einer kommt schon heran! Mit Schussfahrten, als hätte man ihm gemeldet, dass er erben könnte. Mit verrückten Schussfahrten, bei denen es so köstlich in die Brust greift, dass oft die Augen übergehen. In niedrigster Hocke kommt er. Rasch wachsend, als hätte ich mein Auge auf Zeitraffer eingestellt. Verschwunden ist er hinter einem Hügelchen. Und ich verschnaufe. Jetzt spritzt er hervor, aus einem Waldloch, spritzt wie ein Kirschstein aus dem Mund und flitzt vorüber. Und dann hats ihn: eine Abkühlung. Habe ich doch gleich gesagt und steige weiter mit überlegener Miene.

Bis der andere kommt: Er kommt gelassener und kostet das Gelände aus. Dahin und dorthin. Er schlürft die Mulden geradezu aus mit seinen Schwüngen. Links und rechts, dass es nur so weiße Schleier stiebt, welche wieder verschweben und verglitzern. Und nun ruht er ein wenig: den Oberkörper vorgeneigt auf die zwei schrägen Skistöcke; auf einer Gratzunge hält er Ausschau und merkt, dass es schöne Gebirge gibt ringsum. Bis sein Blick eine nächste schmissige Linie entdeckt hat: dann ein Stoß mit den Stöcken und Zusammenklappen in die Hocke: So nimmt es ihn hinunter, immer schneller, und drüben wieder am Gegenhang empor, wie fliegend, und nun zwischen Tännchen hindurch, mit geistesgegenwärtigem Geschlängel, dass es den Tännchen fast schwindlig wird. Und hinunter und hinunter, links und rechts zwischen den Badewannen des Ersten hinunter. Auffedernd, wenn es eine Mulde gibt und ihm der Boden wegsinkt unter den Brettern. Abfedernd, wenn es eine Welle gibt und ihm der Boden einen Stoß gibt, den er abfängt in den Knien. Immer eingehend und wie verwandt mit dem Gelände.

### *Gipfel*

Bei Morschach sieht man den Vierwaldstättersee, verliert ihn bald aus dem Blick und nimmt ihn als großes Versprechen mit, indem man gegen das Muotatal wendet. Vom Stoos aber steigt man in der herrlichen Riesenmulde, deren Hänge herunterschwingen vom Hausstock und Klingenstock und Fronalpstock. Eine anmutige und geschlossene Kleinlandschaft genießt man im Aufstieg zum Fronalpstock, dessen großartige Gipfelschau uns aufgespart bleibt bis zum allerletzten Schritt. Also ein spannender Aufstieg. Und wenn dann über dem weißen Grat, den man immer für den obersten hält, nicht abermals ein noch höherer aufleuchtet, sondern wenn es nun wirklich der oberste ist und unser Feld einfach aufhört in den Himmel hinaus, erlangt man den Gipfel: eine Platte, auf der uns nun die ganze Herrlichkeit des Urnerlandes dargeboten wird.

Man schüttelt die Bretter los und vergisst, sie fachmännisch einzustecken, läuft ans Geländerchen, und unser Blick taumelt hinunter: auf den wiedergefundenen Vierwaldstättersee. Schwarz liegt er im engen Fjord. Denn die Schattenform des Gebirges liegt über seiner Fläche. Und dort, wo die Sonne hinablangt, gibt es eine Flut von glitzernden Wellchen, von tanzender Sonnenspiegelung und zittrigem Silber. Seltsam wirkt es auf diesem tiefen Wasser, das wie Tinte daliegt.

Auf der Gegenseite kraxelt unser Blick wieder himmelhoch. Über Steilwälder und senkrechte Felsbänder dazwischen und bis zu diesen blendenden Schneewölbungen. Das sieht dann aus wie vernickelt. Es ist besonnter Harst am Urirotstock. Anderswo scheint der Schnee mild: wie ein Hauch und rotgolden. Und wieder anderswo leblos und blass, wo bläuliche

Schattenfinger hinabtasten und schließlich knicken, wenn sie in den See schlagen. Immer verweilt unser Blick wieder auf diesem gespenstischen See. Und immer muss man ihn wieder losreißen und wandern lassen über diese Höhen: Über die Berner Alpen, die unwahrscheinlich zart sind im Fernschein, unwahrscheinlich schwebend über den Taldunsten und wie aus Goldstaub gebaut. Dann die Gipfel vom Gotthard und Tödi und Glärnisch. Und bis zum Säntis, wo der Himmel ist wie grünliches Glas. Man möchte mit dem Skistock dranklopfen, damit man sein feines Klingen hörte.

Übrigens: In dieser Wand, die vom Fronalpstock abstürzt zur Axenstraße, und wo zwischen Felsschnörkeln tollkühne Schneewechten kleben, entdeckt man eine Spur. Von einer Gämse. Manchmal ganz tiefe Löcher im Schnee, die dann bläulich schimmern. Und zugleich sieht man über dem waghalsigen Schneebändchen überall jene Rillen, wenn der Schnee herabrollte, den das Tier gelöst hatte beim Herausziehen seiner tief gesunkenen Füße. Es ist die Spur einer Unglaublichkeit und die Erklärung mancher Lawine.

Man liegt nun auf dem Rücken, hemdärmlig. Man lässt das Licht um Arme und Gesicht schmeicheln. Mit geschlossenen Augen, während das Hirn allmählich entwickelt, was diese Augen soeben aufgenommen haben. Man hört bloß das Wachsen und

Sinken seiner eigenen Brust. Einmal vielleicht ein Blechgeschirr, womit der Wind spielt, sodass man dennoch die Augen wieder aufschlagen muss: Es ist so unvorstellbar schön, dass unsere Erinnerung jedes Mal überboten wird von dieser wieder gesehenen Wirklichkeit.

## Peter Weber

# *Der geraubte Horizont*

Eines Märzmorgens um fünf Uhr früh stehe ich mit Ski und Skischuhen in Zürich unter der Hardbrücke im tiefsten schwarzen März. Im Skianzug im Nachtkeller an den Gleisen, wattiert, mit Zeitlupenbewegungen. Ein Mondmensch. Die Vorstellung, meinen Kindheitshorizont zu berühren, hatte mich kaum schlafen lassen. Die erste Bahn bringt mich nach Rapperswil, dort steige ich in den Glarnerzug, Schuhe und der Skianzug sind eine zweite schläfrige Haut. Nicht einschlafen, in Uznach umsteigen, jeder Zugwechsel ist ein weiterer Treppentritt aufwärts, in Wattwil umsteigen. In der Morgenröte erster Berufsverkehr, in Nesslau umsteigen aufs Postauto. Dort treffe ich meinen Begleiter, er ist erprobter Skiwanderer und trägt nur dünne, wach machende Sachen. Aufstieg in Starkenbach durch den steilen Schattenwald. Ich laufe zum ersten Mal durch derart harten, dunkelgrauen Schatten, über eine Stunde ziehen wir durch kauernde Kälte, die wohl ein halbes Jahr dort hockt, haftend, zäh. Aufwärts im Zickzack, ich hinterher, die Aussicht auf weiches Morgenlicht treibt mich an. Bald schon werden wir überholt von mehreren Männern mit stechendem Atem, höchst gleichförmig sind ihre Bewegungen, ohne sich umzuschauen, ziehen sie trocken grüßend vorbei, schnaubend, Steigautomaten in sachlicher Skikleidung. Skiwandern ist nordische Disziplin, wird mir klar, ich mache Pause, bin ein Schattengaffer. Im Halbdunkel sehe ich überschneite Wurzelstöcke, vereiste, umgestürzte Bäume, Buschwerk. Tierspuren im Schnee. Reine Anschauung lässt schnell erkalten, uns bleibt nur die Bewegung, über eine Stunde gehts durch den Grauraum aufwärts. Zweimal wähne ich mich am ersehnten ersten Licht, auf dem sanften Brustband der Churfirsten, haste entgegen, jedes Mal ist es nur Täuschung, Vorspiegelung, wir kommen lediglich ins nächste kalte Enttäuschungsbecken.

Die Schneekappen schräg stehender Föhren über uns sind plötzlich entzündet. Eine weiche Lichtwanne empfängt uns, begrenzt von diesen lieblichen krummen Pfortengewächsen, Licht- und Lampenbäumen, sie ziehen die ersten Strahlen auf sich, leiten sie weiter. Die Sonne mit ihren üblichen frühen Sticheleien: Das glasige kalte Licht rast durch Schneekristalle, blau, rot, grün flunkern sie auf. Wir sind unendlich reich und machen Pause. Unser Körperdampf wird im Sonnenlicht farbig, jeder Hauch wird farbig. Wir trinken starken schwarzen Kaffee, jetzt erst, spüre ich, bin ich aufgestanden, alles zuvor war Halbtraum, mühselige Bettwälzerei. Die Churfirsten stehen wie ausgeschnitten im Morgenhimmel, Hellwachkörper, sie sind östlich hinterleuchtet, die grauen Ostflanken, die vereisten, felsigen Ostseiten lassen sich beflimmern, während die Sonnenstrahlen den weichen Boden davor großzügig ausgelben, mit langen Pinseln, auch vor unseren Füßen, nur unter unseren Mondschuhen bleibt kleiner Schatten. Der Brisi steht pyramidal, sein Ebenmaß wirkt unwirklich. Erschreckend schön. Der breite Nacken, die scharfe Kante oben: Meine höchste Kindheitslinie. Fern.

Kaffeebeseelt ziehen wir über die helle Fläche, entlang der Loipe, unter verschneiten Tannen durch, aus der nordischen wird touristische Disziplin, ja höhere Eurythmie, wir wandern durch einen Ferienprospekt, vorbei an verschneiten Alphütten und Ställen mit überhängenden Schneedachwälmen, ohne Anstrengung. Ich ziehe auf die Pyramide los, sie bleibt lange immer gleich weit entfernt. Endlich davor, darunter. Keine Pforte, nirgends, es wird einfach wieder steil, sehr steil, die Kanten rutschen, ich quäle mich auf die schräge Ebene, ich verfluche mich. Werde überholt und ermutigt von älteren Männern, sehr gleichförmig sind ihre Bewegungen, überaus bunt die Bekleidung, und seltsam ihre Körperhaltung – den Oberkörper wenden sie mir zu, während die Beine weiterlaufen in der Spur. Die wahren Altägypter: Hier an der Lichtpyramide versammeln sie sich. Ich betrete verbotenes Gebiet, ich rutsche weg, ich liege wieder, ich rapple mich hoch, ich sinke ein, ich schmelze weg, die Sonne hat die schräge Ebene erreicht, sie übersteigt mich, sie blendet mich aus. Ich laufe ins Licht. Der Horizont, unsichtbar geworden im Gleiß, scheint unerreichbar. Auf halber Pyramidenhöhe will ich aufgeben. Bin der Letzte, der Allerletzte, die ersten Siegerläufer kurven mir bereits entgegen, Funkenspeier, in jeder Kurve lassen sie Pulver stieben, das die Sonne peinigend aufglimmen lässt. Ich rolle mich aufwärts, mache jeden Schritt vierfach.

Als ich oben angewälzt komme, ist mein Begleiter alleine. Ich trinke Erschöpfungstee. Liege auf dem Horizont, bin zu müde, um überhaupt schauen zu können, lege mich auf den Rücken. Drei Dohlen schweben über uns, schwarz in blau. Erst die Dohlen mit ihren gelben Schnäbeln erinnern daran, dass wir oben sind. Oben ist immer, wo die Dohlen sind: Sie sind die eigentlichen Horizontbewirtschafter. Wir füttern sie in der Luft. Für wenig Brot heben sie Vernunft und Schwerkraft auf. Überwacht werden sie allerdings von einem schwarzen Raben, wie wir sehen, ein großer Kolkrabe mit flatterndem schwarzfingrigem Gefieder und krummfingrigem Schnabel erscheint, er scheucht die Dohlen auf, sie tauchen weg. Der Kolkrabe sammelt tapsend einige Brotstücke auf, steigt wieder hoch, schwebt ebenfalls im Aufwind, glänzt aberwitzig im Licht, vor blauem Himmel, plötzlich taucht auch er weg. Wir erkennen über dem Selun einen Steinadler, wie er die Kämme der Churfirsten nach Beute absucht, im Jagdflug, er weiß, dass sich die Dohlen von den Skiwanderern füttern lassen. Alle Horizontvögel haben sich irgendwo im Fels versteckt, da er keine Beute greifen kann, raubt der Adler mit seinen Krallen die feine Horizontlinie vor unseren Augen, sirrender Draht, zieht dann seine Schwingen ein und stürzt sich schräg hinunter, in wahrem Diagonalsturzflug, ein Geschoss. Wir legen uns auf den Schneewalm an der Kante, bäuchlings, folgen seinem Sturzflug, Richtung Walenstadt zieht er. Tief unter uns der Walensee, von entlegenstem Grünblau. Die hellgrüne Frühlingswelt darum herum.

## Charlie English

# *Das Spiel mit der Schwerkraft*

Der Eindruck, den der erste Anblick eines hohen Berges auf einen Flachländer hinterlässt, ist kaum zu überschätzen. Ich weiß noch, wie ich mit zwölf eines diesigen Sommermorgens über die Jungfraustraße in Interlaken schlenderte und die rosa- und violettfarbenen Gipfel, die über der Stadt aufragten, für ungewöhnliche Wolken hielt. Meine Mutter erklärte mir, dass es in Wahrheit Berge seien, aber so ganz kaufte ich ihr das nicht ab und schaute immer wieder hoch, um zu sehen, ob sie inzwischen vom Wind davongeweht worden waren. Am nächsten Tag fuhren wir hoch, mit der Zahnradbahn hinauf nach Grindelwald, das am Fuße der weißen Wand des Jungfraumassivs liegt, und schauten fassungslos zu dem gewaltigen schwarzen Dreieck der Eigernordwand auf. Von Kleine Scheidegg brachte uns der Zug durch einen Bergtunnel zur höchstgelegenen Bahnstation Europas, dem Jungfraujoch, wo wir auf den glitzernden nassen Sommerschnee hinaustraten und das Panorama bewunderten, das wir am Vortag nur von unten gesehen hatten. Es war ein klarer Nachmittag, und die Seen und Ortschaften und Berge waren winzig und fern, doch es war die Leere zwischen diesen beiden Welten, die mich am meisten faszinierte, das ungeheure Vakuum, in das ich – einem unbestimmten Drang folgend – einfach hinausspringen wollte wie Ikarus, zur Hölle mit den Konsequenzen. Beim Gedanken daran spüre ich sogar jetzt noch ein Kribbeln in den Handgelenken.

Ein ähnliches Gefühl muss John Dennis ergriffen haben, einen jungen Engländer, der im Sommer 1688 die Alpen überquerte und einem Freund, der noch nie Berge gesehen hatte, in einem Brief von seinen Erfahrungen berichtete: »Wir wanderten, buchstäblich, am Rande des Untergangs; ein falscher Tritt, und Leib und Leben wären auf der Stelle verloren gewesen. Das Wissen darum weckte die unterschiedlichsten Emotionen in mir, namentlich ein genussvolles Entsetzen und eine schreckliche Freude, und während ich über die Maßen froh war, zitterte ich.«

Dennis hat hier die Gleichzeitigkeit von Begeisterung und Entsetzen eingefangen, auf der Edmund Burke ein halbes Jahrhundert später seine These vom Erhabenen aufbauen würde, die Horden von wohlhabenden Touristen, Künstlern, Philosophen und

Dichtern in die Berge lockte, wo sie sich und ihren Geist dem »Schrecken« und der »Freude« aussetzen wollten. Zu denen, die in den folgenden Jahrzehnten den Lake District, die Highlands und die Alpen aufsuchten, zählen Samuel Johnson und James Boswell, J. M. W. Turner, Coleridge, Wordsworth, Keats, Byron und Percy und Mary Shelley. Noch nie zuvor waren die Wunder der Natur einer derart intensiven intellektuellen Betrachtung unterzogen worden.

Seit jener ersten überwältigenden Begegnung bin ich so oft wie möglich in die Alpen zurückgekehrt, vor allem wegen des Schnees und um Ski zu laufen, aber auch wegen der Landschaft: zuerst nach Obergurgl und Hochgurgl, später nach Salzburg und Graubünden, in die Savoyen, ins Aostatal und in die Dolomiten. Jedes Mal habe ich mich ein wenig zu steigern versucht: in einem Jahr Off-Piste, im nächsten Jahr Heli-Skiing, danach Gletscherski. Bei unserer Rückkehr aus New York erwartete mich ein Abenteuer, das ich gemeinsam mit meinem Freund Nick geplant hatte und das, so viel wusste ich, unser bis dahin anspruchsvollstes sein würde. Wir wollten die Haute Route zurücklegen, die über Gletscher und Gebirgspässe vom französischen Chamonix ins schweizerische Zermatt führt, und wir hatten Philippe von der renommierten Compagnie des Guides de Chamonix engagiert, der uns einweisen und uns den Weg zeigen sollte.

Philippe, ein kleiner Mann, der es mit Skischuhen

auf gut einen Meter fünfzig brachte, hatte einen sorgfältig getrimmten Bart und von Wind und Sonne tief gefurchte Falten um die Augen. Im Licht der Frühlingssonne, das durch die weit geöffneten Türen des Cafés in Chamonix fiel, in dem wir uns verabredet hatten, wies sein langes Haar die Farben Schwarz, Braun, Blond in einem auf. Das Überraschendste an Philippe jedoch waren seine Hände. Sie waren klein, passend zu seiner Statur, und die sauber geschnittenen Nägel verliehen ihnen etwas überaus Reinliches, aber die Knöchel waren überdimensioniert, die Finger kräftig und fest, die Daumenballen große Muskelpolster. Mit kraftvollen Bewegungen seines muskulösen Unterarms notierte er die für unsere Wanderung geplanten Übernachtungen auf einem Zettel. Dies waren die Hände eines professionellen Kletterers; ein Leben lang hatten sie Seile eingeholt und Eisschrauben gesetzt und sich festgehalten oder, wie Philippe es ausdrückte, mit der Schwerkraft gespielt.

Die Berge waren Philippe in die Wiege gelegt worden. Als er noch klein war, war seine Mutter mit ihm auf dem Rücken bergsteigen gegangen. Er wuchs in den Alpen in Albertville auf und wusste schon im Alter von zehn Jahren, dass er Bergführer werden wollte. Als Jugendlicher machte er sich als Abfahrtsläufer einen Namen.

Als wir Philippe kennenlernten, war er Mitte vierzig und stand im Ruf, besonderen Wert auf Sicherheit zu legen. Er hatte in den Bergen schon mehrere gute Freunde verloren. Einer davon war mit ihm zusammen in Kanada von einer Lawine erfasst worden. Der herabstürzende Schnee hatte Philippe bewusstlos geschlagen und für eineinhalb Stunden unter sich begraben, bis endlich Hilfe eintraf. Er hatte mehrere Knochenbrüche davongetragen, aber überlebt. Sein Freund hatte nicht so viel Glück. Philippe stand schon im Jahr darauf wieder auf Skiern, aber es hatte noch weitere sieben Jahre gedauert, bis, wie er es ausdrückte, sein Kopf wieder ganz in Ordnung war. Später, als unser Verhältnis zunehmend schwieriger wurde, fragte ich mich, ob das tatsächlich ganz gelungen war.

Als wir an unserem ersten, von Philippe so benannten Trainingstag frühmorgens aufbrachen, war ich einfach nur dankbar, dass er uns anleitete. Unsere Ausrüstung hatte er bereits durchgesehen, auf dem Rücken trugen wir Snowboards, Schneeschuhe und Steigeisen, Teleskopstöcke, Klettergurte, Karabiner, Schaufeln, Lawinensonden und LVS-Geräte, Wasser, Lebensmittel und so viel Kleidung, wie wir für eine Woche im Gebirge benötigen würden. Er hatte uns nicht gesagt, wohin es ging, also liefen wir, brav im Gänsemarsch in seine Fußstapfen tretend, hinter unserem flinken kleinen Bergführer her, als er im knirschenden Morgenschnee vom Skigebiet Flégère aus aufstieg. Eine kurze, stetig ansteigende Traverse führte uns um den Fuß einer Felswand herum. Zu unserer Linken lief der Berghang steil zu einem Grat hinauf, der in den wolkenlosen blauen Himmel ragte. »Okay«, sagte Philippe. »*Bon.* Da gehen wir ein Stück rauf.«

Philippe stapfte aufwärts, dabei trat er Stufen in den Schnee und testete jede einzelne sorgfältig, bevor er sein Gewicht darauf stützte. Nick war hinter ihm, dann kam ich und trat so genau wie möglich in die Fußstapfen, lehnte mich hangwärts, stieß die Skistöcke tief in den Schnee und versuchte, nicht nach unten zu schauen, mir nicht vorzustellen, wie ich falle. Auf halbem Weg nach oben wurde der Hang noch steiler, und Philippe holte das Seil heraus und band uns ein. Der kräftige Wind fuhr in die Snowboards, die wie Segel aus unseren Rucksäcken ragten und uns von der Bergwand zu heben drohten. Ich lehnte mich noch stärker zum Hang hin, mein Gesicht war ungefähr auf der Höhe von Nicks Stiefeln, und marschierte weiter. Erst als wir fast oben waren, wurde mir klar, dass wir geradewegs auf den Grat zusteuerten, und dann waren wir auch schon über den Pass und stolperten auf der Nordseite des Kamms aus dem Wind hinaus. Ich war viele Jahre in Chamonix Ski gefahren, ohne je das Tal verlassen zu haben, und so schaute ich jetzt auf eine unbekannte Welt hinaus, ein neues Arrangement aus Felsen und Schnee, Schwarz und Weiß, und genoss den meilenweiten Blick bis hinüber nach Genf.

Ein gerader Abstieg von hier wäre ein sanfter, praktisch wegloser Rutsch durch tiefen Schnee gewesen, aber diese einfache Route konnten wir nicht nehmen. Das Tal war am unteren Ende durch einen See, der von hohen Felswänden eingefasst war, blockiert, und es gab keinen Weg hinaus. Also mussten wir den Hang entlang der Ostwand überqueren und dabei so hoch wie möglich bleiben und die Boardkanten in den Hang graben, um nicht zu weit abzurutschen. *»Bon«,* sagte Philippe, und weiter ging es.

Der Quergang war nicht so einfach, wie er vom Pass aus ausgesehen hatte. Der Schnee war wohl der klebrigste und tiefste, den ich je angetroffen hatte. Aus irgendwelchen undurchsichtigen Gründen, die ich damals noch nicht verstand, war Philippe plötzlich ganz aufgeregt. *»Merde«,* sagtc er, als ich zum vierten oder fünften Mal stürzte und mich umständlich wieder aufrappelte. Ich hatte mir Mühe gegeben, die Höhe zu halten – am Fuße des Hangs waren Felsen, ich hatte sie vom Pass aus gesehen –, aber weil ich mit dem Tempo nicht mithalten konnte, war ich stetig weiter nach unten abgeglitten. »Du musst dich jetzt konzentrieren«, sagte Philippe mit vor Anspannung gepresster Stimme, als er auf seinen Skiern auf mich zukam. »Schnall das Board ab und gib es mir. Und jetzt den Hang hoch, auf den Knien.« Der Schnee war so tief, dass ich ohne das Board unter den Füßen bis zur Hüfte einsackte, aber beim Kriechen auf den

Knien schien sich das Gewicht besser zu verteilen. »Jetzt nimm es wieder.«

Nach einer schwierigen halben Stunde waren wir am Ende der Traverse angelangt und standen an der anderen Seite des Tals, das wieder zu den Bergen hinaufführte, die wir soeben überquert hatten, aber die Anspannung unseres Bergführers ließ nicht nach. »Es besteht Lawinengefahr«, verkündete er. »Wir haben nicht viel Zeit, es ist zu warm. Esst und trinkt etwas, aber zieht euch schnell die Schneeschuhe an. Wir müssen weiter.« Vor Erschöpfung zitternd, nachdem ich mich selbst und mein Board diverse Male aus dem tiefen Schnee befreit hatte, zog ich meine Schneeschuhe über. Ich versuchte, etwas zu trinken, konnte nicht essen und machte mich an den Aufstieg zum nächsten Pass, als hinge mein Leben davon ab, was, wie ich annahm, tatsächlich der Fall war. Jetzt war ich zu schnell für Philippe. »Du läufst wie ein Krebs«, sagte er, als er zu mir aufholte, mich stoppte und meine schnellen Schritte imitierte. »Nicht so. So.« Er zählte mir den gleichmäßigen Rhythmus vor, den ein Bergsteiger beim Aufstieg beibehalten sollte: »Eins, zwei, drei, vier …« Wir gingen weiter, Philippe vorneweg, um das Tempo vorzugeben. Er war nicht sehr schnell, aber mit Schneeschuhen in einer schmalen Skispur zu gehen war anstrengend. Ich blieb kurz stehen, um zu Atem zu kommen, und als ich wieder hochschaute, sah er mich wütend an und deutete mit dem Kopf zu den

Bergen rechts von mir. Er hatte gesehen, was ich noch nicht erkannt hatte: Wir waren dabei, eine Lawinenauslaufzone zu überqueren. Er schaute hoch zu dem Hang über uns, um einzuschätzen, ob die Schneedecke kurz davor war abzugehen. Ich eilte weiter.

Gegen Mittag erreichten wir den zweiten Gebirgspass. Taumelig und schwer atmend zog ich meine Schneeschuhe aus.

Von hier, endlich, würde es ein leichter Abstieg nach Chamonix sein. Wir schauten Richtung Nordwesten zurück in das Tal, durch das wir soeben aufgestiegen waren, ein wunderschönes schneegefülltes Becken, das, wie ich jetzt wusste, voller unsichtbarer Gefahren steckte. Wir ließen uns auf den Grasbüscheln unterhalb des Passes nieder und redeten über Lawinen, darüber, wie sich der Schnee in der Frühlingssonne vom Felsen löst und sich in der weißen Fläche schwarze Gleitrisse öffnen, und dass man eine Lawine nicht hört, bis sie einen erfasst hat. »Aber wenn man hier draußen ist«, sagte Philippe und zeigte auf die nahen Berge, »dann hat man das Risiko akzeptiert.«

Auf dem Weg nach unten dachte ich über diesen Satz nach. Wann hatte ich an diesem Tag das Risiko akzeptiert? Ich hatte nicht einmal gewusst, wohin wir gingen. Vielleicht meinte er mit »hier« die Berge im Allgemeinen. Mit meiner Reise in die Alpen hatte ich billigend in Kauf genommen, dass ich vielleicht sterben würde. Doch in Wahrheit hatte ich das in einem kleinen, feigen Winkel meiner Seele nicht akzeptiert, wollte ich das nicht akzeptieren. Vielmehr wollte ich Sicherheit, wollte eine in Gold gefasste Garantie, dass ich nach Hause zurückkehren würde.

Im Laufe dieses ersten Tages entwickelten Philippe und ich ein gegenseitiges Misstrauen, von dem wir uns nie ganz erholen sollten.

Unsere zweite Nacht mit Philippe verbrachten wir in 2800 Metern Höhe in einer Berghütte am Hang über dem Argentière-Gletscher. Wir planten, am nächsten Morgen noch 600 Meter höher zu steigen und einen Pass zu überqueren, der vom Tal aus wie ein schmaler, fast vertikaler Streifen Schnee zwischen zwei zerklüfteten Felsen aussah; dann sollte es über den Gletscher auf dem Plateau du Trient gehen, über einen zweiten Pass und hinab in ein lang gezogenes Tal. Beim Gedanken an diesen Pass wälzte ich mich auf meinem Bettgestell hin und her, trat mir die Laken vom Leib und riss in Panik die Augen auf. Ich musste aufs Klo. Ich tastete nach meiner Stirnlampe, kletterte mürrisch aus dem Bett und lief durch das dunkle Zimmer, die Treppe hinunter und durch die unbeleuchteten Flure zu den übel riechenden Plumpsklos, die für die insgesamt 80 Menschen hier in der Hütte zur Verfügung standen. Ein warmer Wind, ein Föhn, der schon seit Tagen blies, ging über die Hütte und spielte, begleitet von den Paukenschlägen einer kaputten, hin- und herschlagenden Tür, eine klagende Melodie. Bei anhaltendem Föhn würde es schwierig werden, den Gletscher zu überqueren, geschweige denn aufzusteigen, aber irgendwie wusste ich, dass Philippe die geplante Tour nicht abblasen würde. Ich kam in der alten Holzhütte nicht zur Ruhe und verbrachte eine fürchterliche Nacht zwischen den stinkenden Toiletten und den schnarchenden Massen oben im Schlafsaal.

Um fünf Uhr wurde gefrühstückt, und ich sah neidisch zu, wie vor Gesundheit strotzende Schweizer und Deutsche Kaffee tranken und Müsli kauten, Energie für den Tag. Abseits der Pisten und außer Reichweite der Skilifte herrschte eine Kultur, die mir neu war. Die Leute hier verbrachten Tage oberhalb der Schneegrenze, übernachteten in Hütten wie dieser ohne jeden Komfort und brachen vor Sonnenaufgang mit Seilen und Klettergurten und Eispickeln auf, um Gletscher und hohe Gebirgspässe zu überqueren und die nächste Hütte zu erreichen, bevor der Schnee so weit schmolz, dass er in einer Lawine abging. Und während meine erste Bekanntschaft mit dem Skifahren in meiner Kindheit eine überaus glückliche gewesen war, hatte ich nun Angst. Ich war umringt von starken, energiegeladenen, furchtlosen Menschen. »Iss«, sagte Philippe. »Das ist wichtig.« Ich konnte nicht. Mir war übel.

Draußen war es noch dunkel, als wir die Hütte

hinter uns ließen und im Licht unserer Stirnlampen mit Steigeisen über einen schmalen Streifen harten, kalten Schnees zu unseren Skiern und Snowboards gingen, die wir am Vortag dort zurückgelassen hatten. Als wir unten angekommen waren, zeigten die massiven Umrisse der Landschaft langsam ihre zerklüfteten Gesichter. Auf dem Gletscher auf halber Höhe der Bergwand waren Lichter zu sehen. Dort oben, auf diesem unmöglichen Hang, waren Bergsteiger. Sie mussten ihren Aufstieg um Mitternacht begonnen und sich auf dem kleinen Stück Schnee und Eis, das von ihren Stirnlampen erhellt wurde, vorgearbeitet haben, aufwärts zu einem unsichtbaren Ziel. Irrsinn.

Auf den Snowboards fuhren wir über den Gletscher auf den Zugang zum Pass zu, Philippe ganz vorn gab ein ordentliches Tempo vor, ich folgte ihm mit einer schwerer und schwerer werdenden Last in der Brust. Einen Kilometer lang war der Untergrund eben und hart, dann wurde der Gletscher steiler, wo er große Eisblöcke aufgeworfen hatte, und die Route schlängelte sich zwischen schweren Blöcken und Spalten hindurch. Jeder Sturz und jeder Stopp wurde mit scharfen Worten kommentiert. »*Allez!*«, »Wir müssen uns jetzt konzentrieren!«, »Stopp, nimm das Board ab«, »Geh weiter«, »Schnall das Board an«, »*Allez!*«, »Wir müssen schnell sein.« Der von Weitem als weißer Streifen erkennbare Pass und der steil aussehende Zugang starrten mir entgegen und ließen in mir die

Überzeugung reifen, dass dies eine Reise in den Untergang war, die enden musste – aber wie? Die Granitgiganten schienen mich zu ihren Schluchten und felsigen Graten zu ziehen. Ich wollte nicht hinsehen.

»Ich weiß nicht, ob ich das schaffe«, sagte ich.

»*Ich* weiß nicht, ob du das schaffst«, entgegnete Philippe eisig.

Ich hatte Tränen in den Augen, als ich »Stopp!« sagte.

Als wir auf unseren Brettern wieder unten am Fuße des Berges angekommen waren, wirkte Philippe seltsam exaltiert. Mir kam der Gedanke, dass er vielleicht froh war, dass ich schon bei der ersten Hürde verweigert hatte, dass seine geliebten Berge diesen Flachländler besiegt hatten, der mit seinem Snowboard angekommen war, um sie zu erobern. Er hatte mir erzählt, dass Büroangestellte berühmte Routen wie Chamonix-Zermatt laufen oder den Montblanc besteigen wollten, aber nicht bereit seien, erst einmal die Fertigkeiten und Techniken des Bergsteigens zu erlernen. »Wenn es nur darum ginge, einen Fuß vor den anderen zu setzen, dann wäre Chamonix-Zermatt ganz einfach«, sagte Philippe. »Aber das Ganze, Mister Journalist, das ist nicht einfach.«

Er würde mit uns in leichteres Gelände gehen, um uns ein paar Grundlagen des Bergsteigens zu zeigen, verkündete er. Nick und ich hatten keinen Plan B. Ich war mit meinem Versagen beschäftigt: Es gab kein

Ziel mehr, das zu erreichen, keine Route, die zu bewältigen wäre, warum also willkürlich eine neue beginnen? Ich wollte zurück nach Chamonix und in einem Café sitzen und herauszufinden versuchen, was schiefgelaufen war. Aber Philippe hatte einen Plan, wir hatten Zeit und die Gelegenheit und ihm eine nicht unbeträchtliche Summe gezahlt, also willigten wir ein. An jenem Nachmittag fuhren wir mit ihm über den Col des Montets in die Schweiz, vorbei an der Abfahrt zum Großen Sankt-Bernhard-Pass, auf dem die alten Römer die Alpen überquert hatten, vorbei an den Weinbergen und Obstgärten auf dem gerundeten Boden des oberen Rhône-Tals.

Während der Fahrt rief ich Lucy an. Ich hatte seit Tagen nicht mit ihr gesprochen, und als ich ihre Stimme hörte, spürte ich einen Kloß in der Kehle.

Sie waren im Garten. Es war ein heißer Frühlingstag. Im Hintergrund hörte ich die Kinder, die mit ihrer Großmutter spielten und lachten. Sie waren im Zoo gewesen, erzählte Lucy, und jetzt malten sie.

»Ich hab gekniffen«, sagte ich.

Der Mythos, den ich aufgebaut und zu glauben beschlossen hatte, den Mythos von mir als Wintersportler, der ohne seine Dosis Schnee und körperliche Herausforderungen nicht leben konnte, lag in Scherben. Ich wollte nach Hause, in meinen Garten, zu meiner Familie.

Östlich von Sion fuhr Philippe von der Hauptstraße ab und durch eine enge Schlucht hinauf nach Leukerbad, das am Fuße eines beeindruckenden, 600 Meter hohen, halbmondförmigen Felsmassivs liegt, das die Sicht nach Norden vollständig blockiert. Beim Mittagessen zeigte er uns einen Artikel, den er aus der letzten Samstagsausgabe des *Le Dauphiné* ausgeschnitten hatte; es war ein Porträt über ihn, das ihn als wahren Mann der Berge darstellte und von seinen Großtaten in den Alpen und in Nepal berichtete. In meinem Elend fragte ich mich, ob er wohl das Gefühl hatte, mit uns seine Zeit zu verschwenden.

Am frühen Nachmittag brachte uns die Seilbahn hinauf zur Bergspitze. Dort oben, hoch über der Welt, lag ein kleines, von hohen Gipfeln eingefasstes Tal mit einem zugefrorenen See. Der Himmel war von einem strahlenden Blau, und wir schauten zu den gewaltigen Bergen im Süden hinüber, zu der Route, die wir eigentlich hatten laufen wollen, vorbei an einigen der berühmtesten Gipfel der Welt: Montblanc, Monte Rosa, Weisshorn, Matterhorn. Philippe schilderte sie uns aus dieser sicheren Entfernung, als kenne er jeden Felsspalt.

In diesem hoch gelegenen Tal des Wildstrubel begann unser Ausbildungslager. Jeden Morgen um 6 Uhr zogen wir los und stiegen zügig auf, ohne Pausen. »Da drüben hast du Stopp gesagt«, bemerkte Philippe mehrmals, wenn er nach einem schier endlosen Aufstieg stehen blieb. »Warum?« Ich konnte keine überzeugende Antwort auf diese Frage liefern, es war wichtiger, den Aufstieg zu schaffen, solange der Schnee noch fest war. Den Panoramablick ignorierend, lernte ich den Bergsteigertrick, die Welt auf das schmale Stück Berg vor meinen Füßen zusammenzuschrumpfen.

Philippe wählte die Linie, auf der wir den Hang überquerten und zugleich aufstiegen, wenn möglich in bereits vorhandenen Skispuren – dort war der Schnee fester. Auf dieser Linie versuchte ich, in der Mitte gehend, meine mit Steigeisen versehenen Stiefel in seine Abdrücke zu setzen, zugleich stieß ich rechts und links meine Skistöcke in den Schnee, um Halt zu gewinnen. Jeder Schritt musste sorgfältig gesetzt werden, da praktisch immer irgendwo ein steiler Abhang lauerte, und wenn nicht, sah ich die Felsspalte vor meinem inneren Auge. Die Snowboards zogen wir an einem Seil, das an unseren Klettergurten befestigt war, hinter uns her – selbst auf den steilsten Hängen und Traversen, weil das immer noch leichter war, als sie zu schleppen, und sie so dem Wind keine Angriffsfläche boten. Immer wieder wurden wir mit Philippes dickem Kletterseil angeseilt, das, abhängig von der Geschwindigkeit jedes Einzelnen, sich spannte oder durchhing. Gelegentlich vollzog er beim Aufstieg Kehrtwenden, sodass wir über das Seil und die Leinen steigen, sie entwirren oder auf der anderen Seite neu ausrichten mussten. Dazu wurden wir etwas langsamer, blieben aber niemals stehen. Auf den flacheren Abschnitten schnallten wir unsere Boards unter und stießen uns mit den Stöcken voran, wenn der Schnee sich dazu eignete.

Sobald die Sonne wärmer oder die Last der Rucksäcke schwerer wurde, rann uns der Schweiß über das Gesicht, und unsere ungewaschenen Kleider dünsteten einen kräftigen Körpergeruch aus. Bei besonders steilen Aufstiegen lief uns die Sonnencreme über die Brauen in die Augen. Dabei die ganze Zeit der langsame Trott, Schritt für Schritt, Philippes stetem Tempo folgend: Stock, Fuß, Stock, Fuß, Stock, Fuß ... Stunde um Stunde ging das so, während in meinem Kopf Fetzen der immergleichen eintönigen Popsongs die Runde machten.

Jeder Tag war ein langsames Rennen gegen die Wärme.

Morgens war der Schnee hart und schlecht zum Skifahren, aber gut für die Steigeisen, ab 14 Uhr wurde er so weich, dass wir zu Fuß kaum mehr vorankamen und bei steilen Aufstiegen ins Rutschen gerieten. Von nachmittags bis zum frühen Abend gab es Lawinen. Aber der Schnee war in seiner Konsistenz nicht nur abhängig von der Tageszeit, sondern auch von der Hanglage und der Sonneneinstrahlung. Philippe wählte stets eine Route über den härtesten Schnee, im Schatten des Gipfels oder dort, wo die Sonne nur sehr flach auf den Schnee traf. An stark beschienenen Stellen hasteten wir eilig vorüber, und Philippe fluchte, wenn wir zu langsam waren, die Handschuhe fallen ließen oder ein Foto machen wollten. Wenn wir am Nachmittag zu unserer Hütte zurückkehrten, hatte sich der Schnee, der am Morgen gefroren war, in einen Sumpf verwandelt, eine dicke Suppe, in die wir manchmal sogar mit den Snowboards knietief einsanken. Dann warfen wir unsere Ausrüstung auf einen Haufen, setzten uns vor die Hütte und betrachteten den Schnee. Manchmal sahen wir, wie er in Lawinen den Hang hinunterstürzte, wie er brüllend und zischend an einer der Routen vorbeidonnerte, die wir aufgestiegen waren.

Die Landschaft veränderte sich von Tag zu Tag: Es war wieder mehr Boden zu sehen, der offene Spalt über dem Flusslauf wurde größer, immer mehr Fels lag frei. Wenn wir von einem Gebirgspass oder einem Gipfel ins Tal hinabschauten, hatte sich die Linie, an der Grün auf Weiß traf, fast unmerklich verschoben und lag ein Stückchen höher als noch am Vortag.

Die Umgebung war idyllisch, trotzdem hatte mich das Gefühl der Angst, das mich am Argentière-Gletscher befallen hatte, nicht verlassen, und das gegenseitige Misstrauen, das schon seit dem ersten Tag zwischen Philippe und mir herrschte, hatte sich zu echter Abneigung verhärtet. Eines Tages, kurz unter dem Gipfel des Daubenhorn, sprach er mich darauf an. »Du fürchtest den Tod, Mister Journalist«, sagte er. »Warum?« Wir rasteten unterhalb des Gipfels an der höchsten schneebedeckten Stelle des Berges, und die Route, die er für uns ausgesucht hatte, war felsig und steil. Ich hatte ihm gesagt, dass ich diesen Weg nicht gehen wolle und warten würde, bis er und Nick zurückkämen. Er begriff meine Weigerung als totales Versagen auf beiden Seiten, hauptsächlich jedoch auf meiner. Um die Stimmung zu heben, hatte ich gesagt, ich wolle noch ein paar Jahre leben, um noch einige Dinge zu erledigen: die Kinder großziehen, die Hypothek abbezahlen. Aber vor allem, so sagte ich ihm ehrlich und schaute den mit losem Schiefer bedeckten Weg hinauf, den ich nehmen sollte, hätte ich Angst. Meine Hände und Beine zitterten. Beim Gedanken an den tödlichen Abgrund, der gleich hinter diesem Grat lag, spürte ich ein elektrisierendes Kribbeln, das mir über die Handgelenke bis in die Fingerspitzen lief.

»Ich weiß, dass die Berge dir Angst machen«, sagte Philippe. »Ich verstehe das. Wenn du hier einen Fehler machst und stürzt, stirbst du, ja. Aber bist du nicht hergekommen, um an deine Grenzen zu gehen?« Ich verzog das Gesicht. »Für mich ist das, als wärst du schon im Leben tot«, sagte er. »Ich glaube, dass die Gesellschaft mehr und mehr aus Menschen wie dir besteht. Ihr geht eure Risiken unbewusst ein. In der Stadt oder beim Autofahren geht ihr Risiken ein, aber ihr denkt nicht darüber nach. Jetzt bist du hier mit mir, und das ist ein bewusstes Risiko, und du sagst, du willst es nicht eingehen. Aber wenn du nicht mitkommst, wirst du dich schlecht fühlen. Willst du das Risiko eingehen?«

Ich schüttelte den Kopf und rührte mich nicht von der Stelle.

Nick folgte Philippe auf einem Pfad, der sich auf knapp einen Meter Breite verengte und zu beiden Seiten steil abfiel, hinauf zum Gipfelkreuz. Ich wartete an dem steinigen Weg.

Kurz darauf fuhren wir zurück nach Chamonix. Auf dem Parkplatz holten wir die Steigeisen, die Schaufeln, die Lawinensonden und LVS-Geräte, die Philippe uns geliehen hatte, aus den Rucksäcken, gaben sie ihm zurück und schüttelten ihm kurz die Hand. Es war gelogen, als ich sagte, ich hätte die Zeit genossen, aber ich hätte mir die Mühe auch sparen können. Er war nicht interessiert. Er grummelte ein halbherziges »Willkommen in den Bergen« und stapfte davon.

## Ella Maillart
# *Sari Tor*

*VII*

Wir verlassen unser auf halber Höhe liegendes alpines Lager und brechen nach dem Tschugutschak-Pass auf, über den wir in die Syrte eindringen sollen. Bald befinden wir uns über der Baumgrenze und steigen einen Felssturz hinan, der sich schließlich als eine rechts und links von prächtigen Felsen eingeschlossene Moräne erweist. Vor uns liegt das blendende Weiß des Gletschers, der den Pass bedeckt; der Weg ist von Skeletten der Pferde und Kamele bezeichnet, die zwischen den Steinblöcken verendet sind.

Auf dem weichen Schnee des steilen Gletschers erschrickt mein Pferd vor ein paar schwarzen Rissen, die zu schmal sind, um als eigentliche Spalten gelten zu können. Das Weiß tut den Augen weh, aber meine Schneebrille ist außer Reichweite irgendwo in den Gepäckstücken auf dem Packpferd verkramt. Muss ich die Augen schließen? Nein, ich behelfe mich mit einem seidenen Halstuch, das genügend Schutz gewährt und doch durchsichtig ist. Über diese 4000 Meter hohe Schneewüste gleiten Adler und spielen mit dem wütenden, eiskalten, atembeklemmenden Wind, der uns erbarmungslos anfällt.

So schnell wie möglich steigen wir herab zu einer geschützten Stelle, wo wir in Ruhe das vor uns liegende Land betrachten können. Der Berg fällt sanft zu einer weiten, riesigen Hochfläche ab, auf der Grasbüschel und Edelweiß wachsen. So habe ich mir immer vorgestellt, müsse Grönland ungefähr aussehen und eine ähnlich reine, dünne Luft haben. Inmitten dieses Friedens wird Matkerim plötzlich nervös und schießt vergeblich auf die Wildgänse, die von einem winzigen blauen See auffliegen.

Nach Süden ist die Aussicht durch die weiße Linie der Ak-Schiriak-Kette versperrt, in der unsere Augen immer wieder bewundernd an einem höchst verlockenden Gipfel hängen bleiben. Ein Bächlein, das aus unserem Gletscher hervorrieselt, ist die Quelle des großen Syr-Darja. Er wird später zum mächtigen Strom, der die Baumwollfelder von Taschkent bewässert, durch den Roten Sand fließt und in den Aralsee mündet. Damals ahnte ich nicht, dass ich eines Tages im Winter sein Eis in der Nähe der Mündung überschreiten würde.

Tief atmend galoppieren wir im seligen Gefühl, dass die Welt zu unseren Füßen liegt, über die Syrte.

Doch welche Überraschung! Die Hochfläche ist nicht so einsam, wie ich geglaubt habe: Vor uns ragt ein großes steinernes Gebäude. Es ist das T'ien-schan-Observatorium, das Ende unseres heutigen Tagesmarsches.

Ein Knüppeldamm führt durch einen Morast zum Eingang. Acht Personen sind in diese Einöde verschlagen, wo die mittlere Temperatur plus sechs Grad ist. Inzwischen haben sie einander so gründlich kennengelernt, dass sie keinen Gesprächsstoff mehr finden! Einer von ihnen ist ein Bergsteiger, der hier für die Chan-Tengri-Expedition trainierte; er erkrankte jedoch an Typhus, und jetzt muss man die für den Kranken unentbehrliche Milch jeden Tag in anstrengendem Ritt aus einem 35 Kilometer entfernten Lager holen!

Als ich mir gerade überlege, wie unangenehm es wäre, hier krank zu werden, sagt mir Capa, dass ich einen roten Kopf habe und meine Temperatur messen solle. Das Thermometer zeigt vierzig Grad an! Was kann das bedeuten? Typhus und Ruhr sind die nächstliegenden Krankheiten. Jedenfalls verbietet das Fieber, dass ich meine Freunde bei der beabsichtigten Besteigung des schönen weißen Gipfels, den wir vom Tschugutschak-Pass aus so sehnsüchtig betrachtet haben, begleite.

Die anderen wollen in einem kleinen Sturmzelt auf dem Gletscher biwakieren, und ich bewundere ihren Mut, denn eiskalter, wütender Wind wirbelt frischen Schnee ums Haus. Am nächsten Morgen ist die Landschaft unter einem leuchtend blauen Himmel allenthalben in blendendes Weiß gekleidet.

Das Observatorium funkt Wetterberichte nach dem 800 Kilometer südwestlich gelegenen Taschkent. Hauptaufgabe ist jedoch die Beobachtung der Gletscherbewegungen und die Registrierung der Schneefälle, von denen die Bewässerung des Tieflandes abhängt. Beim Ausheben der Baugrube für das Haus war man nach anderthalb Metern gefrorenem Schlamm auf eine Eisschicht von unbekannter Dicke gestoßen. Einer von den Studenten behauptet, dass wir uns möglicherweise unmerklich mit dem verborgenen Gletscher vorwärtsbewegen!

In der schlechten Jahreszeit machen die Karawanen einen Umweg, um im Observatorium übernachten zu können, obwohl die Chinesen furchtbare Angst vor dem Radio, »dem bösen Berggeist«, haben. Sie wagen sich nicht in ein Haus, in dem es gewisslich spukt!

In der Nacht weckt mich ein Sturm. Von meinem Lager auf dem Fußboden aus sehe ich Maria Feodorowna Brot backen. Kurz darauf verkündet der Meteorologe vom Dienst triumphierend: »Ich habe Berlin für Sie am Apparat!« Ich stehe auf und höre schwach eine Tanzmusik. In der Sturmwelt unseres Gebirges klingt der klimpernde, weiche Rhythmus aus irgendeinem deutschen Palast-Hotel unwirklich, lächerlich. Hier ist nur das eine wirklich: der tobende Sturm über dem Schnee, während meine Freunde am Berghang schlafen.

Bei ihrer Rückkehr preisen die Bergsteiger den wunderbaren Rundblick vom Gipfel des Sari Tor. »Ella, er ist wie gemacht für Sie«, sagte Wolodja, »ein ideales Skigelände.«

»Wenn Sie sie nehmen wollen – wir haben mehrere Paare alte Skier im Hause«, fällt einer von den Meteorologen ein.

Im Nu ist mein Fieber vergessen. Am nächsten Tag werde ich Übungsfahrten auf den Hängen machen. Ich suche mir die beiden am wenigsten verzogenen Skier aus und bastle mir aus Kupferdraht behelfsmäßige Bindungen.

## *VIII*

In schlankem Trab hat mich mein Pferd in einer halben Stunde durch das Tal zu der Stelle gebracht, wo der Anstieg beginnt. Es ist früh am Morgen. Ich schicke Matkerim mit den Tieren zurück und sage ihm, dass er mich bei Sonnenuntergang hier wieder abholen soll.

Von der Seitenmoräne muss ich ein paar Stufen ins Eis schlagen, um auf den Gletscher hinaufzugelangen. Dann gleite ich durch die Todesstille auf meinen Skiern über das Schneefeld. Immer wieder klopft mir das Herz: Ich sehe einen Bären. Was soll ich tun? Alle Bärengeschichten, die man im Observatorium erzählt hat, spuken in meinem Kopf. Schließlich entpuppt sich das Schrecknis als einsamer Felsblock, der wie ein Tier aussieht!

Statt einen Übungshang zu suchen, lasse ich mich magisch von dem Berg anziehen; unmittelbar vor und hoch über mir, jenseits einer 600 Meter hohen Wand von Eistürmen, den Seraks, stäubt der Schnee von seinem dreieckigen Gipfel.

Nach zweistündigem Steigen wird mein Gletscher merklich steiler und wendet sich nach links. Die Sonne steht jetzt schon höher und macht nicht nur den Schnee weich, sondern lässt auch mich in einer Art Schwitzbad schmelzen. Trampelspuren zeigen mir die Stelle, wo meine Freunde gestern gelagert haben. Der Schnee ist so tief, dass die Gruppe ohne Skier nur sehr langsam vorwärtsgekommen sein kann. Ich steige noch zwei Stunden lang weiter, muss jetzt aber von Zeit zu Zeit stehen bleiben, um Atem zu schöpfen.

Der eintönige Teil des Aufstiegs liegt hinter mir. Ich habe einen Sattel erreicht, von dem aus man weit um sich blickt. Zur Rechten kann ich den Kamm, der zum Gipfel führt, in seiner ganzen Ausdehnung mit dem Auge verfolgen. Es sieht nicht sehr weit aus; ungefähr in einer Stunde sollte ich es schaffen können. Warum nicht den Versuch wagen?

Das einzige Hindernis ist der Wind – ein Schneesturm, der mir das Blut in den Adern gerinnen lässt, sobald ein paar Wolken die Sonne verdecken. Und doch ist es unmöglich, ein schnelleres Tempo einzuschlagen, weil schon beim langsamen Steigen das Atmen schwer ist. Wo der Neuschnee weggeweht ist, tritt eine schmutzige, harte Unterlage zutage; die tiefen Fußspuren meiner Freunde sind ausgefüllt. Die kleine Capa muss eine wahre Herkulesarbeit geleistet haben, den ganzen Weg ohne Schneeschuhe zu bewältigen!

Ein böser Windstoß schlägt mir ins Gesicht! Soll ich lieber umkehren, oder ist es nur ein Nebelschwaden? Ein hinterlistiger Grat. Kaum hat man eine Flanke überwunden, so schiebt sich die nächste vor. Überdies habe ich keine richtigen Skistöcke; ich begnüge mich mit zwei Beinen von einem Theodoliten-Gestell, die keine Schneeteller haben und deshalb tief einsinken.

Alle zweihundert Meter, dann sogar alle hundert Meter, muss ich haltmachen und Luft schöpfen. Am schlimmsten ist es, wenn ich die Kamera benutzen will; sobald ich einen Handschuh ausziehe und das eiskalte Metall mit den Fingern berühre, friert die Haut an; ich heule zwar, doch kenn ich meine Pflicht als gute Reisende! Der Gipfel scheint in immer weitere Ferne zu rücken. Aber ich muss ihn erreichen! Das stolze Bewusstsein des grandiosen Alleinseins beschwingt mich so, dass ich mich unüberwindlich fühle. Aber wie kalt ist es! Zuerst spüre ich die Kälte zwischen den Augenbrauen, die gelähmt werden; dann steigt sie zur Nase herab und macht diese gefühllos; darauf lässt sie den Mund erstarren – die Muskeln der klappernden Kiefer entspannen sich nicht mehr; die Schultern heben sich, um den empfindlichen Nacken zu schützen.

Die Berge ringsumher sind kleiner geworden und sehen jetzt wie belanglose Buckel aus. Eine letzte Anstrengung von fünf Minuten! Ach, wozu? Warum nicht aufgeben?, flüstert eine innere Stimme. Nein, vorwärts! Noch zwanzig Schritte: eins, zwei, drei …!

Jetzt stehe ich auf dem Gipfel, oder wenigstens so hoch oben, wie ich im Windschutz der allerletzten Wechte gelangen kann, auf einer riesigen, zu Eis erstarrten Welle, deren zerrissener Kamm sich scharf gegen den Himmel abzeichnet. Mein Blick schweift im Kreis über ein Meer stiller, vergletscherter Gipfel. Im Osten muss hinter einer schwarzen Wolkenbank der 7300 Meter hohe Chan Tengri ragen. Ein paar Jahre später ist er zum zweiten Male von dem Schweizer Saladin erstiegen worden, der sich die Füße erfror und vor der Rückkehr nach Karakol an Erschöpfung starb. Im Norden erstreckt sich jenseits des Issyk-kul die lange, scharfe Linie der Kungei-Gruppe. Nach

China zu, im Süden, erheben sich die zackigen Gipfel der Kokschal-Kette, die unser Ziel ist.

Sieg! Der Sari Tor liegt unter meinen Füßen! Er ist ungefähr 5000 Meter hoch; nicht nur körperlich – nein, auch seelisch bin ich höher erhoben als je zuvor in meinem Leben!

Aber ich kann in dieser Kälte nicht länger stehen bleiben. Ohne auch nur die Schneebatzen von den Skiern zu kratzen, beginne ich die Abfahrt. Es geht schnell, zu schnell; ein böser Sturz muss um jeden Preis vermieden werden. Ich versuche zu bremsen und falle sofort kopfüber in den Schnee; er ist so locker, dass man das Gefühl hat, sich aus einem Haufen Federn herauswühlen zu müssen. Ich hatte vergessen, dass ich mit den behelfsmäßigen Bindungen keine richtige Führung über die Skier habe, und muss sicherheitshalber zu einer anderen Technik übergehen. Wenn ich ein Bein breche, kann ich nicht damit rechnen, dass ein Hotel in der Nähe den Schlitten schickt und mich abholen lässt. Trotz aller Vorsicht habe ich aber doch eine Reihe denkwürdiger Stürze zu vermelden.

An einer geschützten Stelle unter dem Sattel versuche ich ein Stück Brot zu essen; es ist aber viel zu trocken, und ich bin auch nicht wirklich hungrig, obwohl ich sieben Stunden lang gestiegen bin. Nur ein bisschen Schokolade kann ich mir einverleiben.

Der obere Gletscher bietet eine glänzende Abfahrt;

weiter unten bereitet der matschige Schnee Schwierigkeiten. Immerhin bin ich drei Viertelstunden nach dem Verlassen des Gipfels auf der Talsohle angelangt. Der ganze Ausflug hat mich nur die Hälfte der Zeit gekostet, die meine Freunde gestern gebraucht haben.

Die Stunden sind wohlangewendet gewesen: Mein Herz schlägt höher, mein Gesicht brennt von all dem Schönen, was mir die Winde so stürmisch erzählt haben, und in meinen Augen liegt noch immer das Staunen über den gewaltigen Anblick, der ihnen geworden ist.

# *Nachwort*

Eine meiner ersten Kindheitserinnerungen ist eine Winterwanderung auf einen Hügel in der Nähe des Dorfes, in dem ich aufgewachsen bin. Ich war sechs Jahre alt, ein Schulfreund begleitete mich. Je höher wir stiegen, desto tiefer wurde der Schnee, schließlich reichte er uns bis über die Knie. Doch unentwegt wateten wir durch verschneiten Wald und steile Hänge hinauf. Nach Stunden erreichten wir auf der Höhe ein Haus, das aber verschlossen war. Wir standen davor, wärmten unsere Hände in den Hosentaschen und wussten eigentlich gar nicht, warum wir die Anstrengung auf uns genommen hatten. Auch heute noch frage ich mich, was uns Kinder damals verlockte, auf jenen kalten Hügel zu steigen. Im Sommer hatte uns das nicht interessiert. Doch der Schnee hatte den Hügel verändert, er war ein Berg geworden, ein gewaltiger, unnahbarer Schneegipfel, der eine eigenartige Faszination ausübte, eine einsame Polarwelt voller Abenteuer. Beim Abstieg, während es leise zu schneien begann, begegneten wir im Wald einer Reihe von Rehen, die unseren Weg kreuzten; still und ohne Angst zogen sie an uns vorbei, und wir Buben sahen ihnen nach wie einer Erscheinung aus einer anderen Welt.

Nichts verzaubert die Welt so sehr wie der Schnee. Vom Himmel fallen die Flocken leise und leicht, eine Vielfalt von Kristallen, die die Welt in flüchtiger Pracht verhüllen. Die Magie und den Zauber des Schneiens und des Schnees hat kaum jemand so meisterhaft in Worte gefasst wie Robert Walser: »Wo ein Vielerlei und Mancherlei war, ist nur noch eines, nämlich Schnee; und wo Gegensätze waren, ist ein Einziges und Einiges, nämlich Schnee.« Der große Schweizer Dichter starb schließlich einen einsamen Tod auf einer Winterwanderung im Schnee – und das an einem Weihnachtstag, an weißen Weihnachten.

Vielleicht hat er sich einen solchen Tod gewünscht, denn Schnee hat etwas Tröstendes; alles Hässliche verschwindet unter seiner weißen unschuldigen Decke, die Welt verändert sich, wird heller und fröhlicher, die Formen sanfter. Selbst mit dem Tod versöhnt uns der Schnee, wie im Gedicht »Erster Schnee« von Gottfried Keller: Reiner, weißer Schnee, o schneie / decke beide Gräber zu, / dass die Seele uns gedeihe / still und kühl in Wintersruh /.

»Die mächtige weiße Gegenwart merzt alles aus«, schreibt Brigitte Kronauer in ihrem Roman *Teufelsbrück*. Auf einem Spaziergang durch die verschneite Landschaft von Arosa beginnt die Erzählerin zu singen, obwohl sie schwere Sorgen bedrücken.

Tröstlich erfährt Hans Castorp in Thomas Manns Roman *Der Zauberberg* eine Winterwanderung auf Ski in der Gegend von Davos. Im Schneesturm verirrt, glaubt er sich schon verloren, findet schließlich Schutz bei einer Scheune und schläft erschöpft ein. Ein Traum führt ihn zu tiefer Erkenntnis und verleiht dem Todkranken neue Lebenskraft. »Ins Schneegebirge hat mich das Suchen danach auch getrieben. Nun habe ich es.«

Verirrt in Nebel und Schneetreiben ist auch der junge Mann in Charles Ferdinand Ramuz' Ezählung »Im Nebel verloren«. Er wandert über den Plan de Jaman, einen Passübergang nahe des Genfersees im Kanton Waadt, verliert die Orientierung und glaubt sich nahe dem Tod in der Einsamkeit und Kälte. Doch die Sehnsucht nach seiner Braut verleiht ihm ungeheure Kraft, sodass er sich schließlich retten kann.

Dem Erfrieren nahe, irrt die Winterwanderin in Kathrin Passigs Erzählung durch Nacht und Nebel. Eine Begleiterin hat sie aus den Augen verloren, und vielleicht wird man dereinst nur ein rotes Dreieck finden, das signalisiert: »Sie befinden sich hier«. So der Titel der Geschichte, die im Riesengebirge, an der Grenze zwischen Polen und Tschechien spielt. Aber auch hier wird der fallende Schnee zum tröstlichen Bild: »Ich habe schon im Laufe der Nacht aufgehört zu zittern. Vor meinen Augen steigt ein Nachbild der fallenden Schneeflocken nach oben. Schnee-Antimaterie hebt alles Geschehene auf.«

Schneeberge haben die Menschen fasziniert, lange bevor sie sich in die Höhe wagten. Für die Kelten verkörperten sie Schneegöttinnen, etwa die »Weiße Frau«, ein Gipfel der Blüemlisalpgruppe im Berner Oberland, oder die bekannte Jungfrau bei Grindelwald. Eine Jungfrau ist es auch, die im Märchen von Frau Holle die Betten ausschüttelt, damit Schnee auf die Erde fällt. Kein Wunder, dass Landschaften im Schnee erotische Bilder wecken. So schreibt der passionierte Winterwanderer und Skifahrer Hermann Hesse in einem Brief an Emmy Ball-Hennings: »Wenn man auf Skiern über eine Berglandschaft hinunterfährt, dann spürt man die Wellen, Täler, Erhebungen und Falten der Erde durch die Skier und die Knie hindurch genauso zart und schön, wie wenn ein Liebender mit streichelnder Hand über die Glieder seiner Freundin läuft.«

Erotisch aufgeladen ist auch das »Wintermärchen« von Henry Hoek, eine Liebesgeschichte zwischen Spaziergängen im Schnee und Abendstunden auf einer heißen Ofenbank mit einer »nordischen Blondine«. Hier werden selbst die fernen Bergzacken zum »anschmiegenden Spitzenkragen um den

Hals einer schönen Frau«. Sätze wie »Alles Wandern in die Ferne ist unerlöste Sehnsucht nach dem Weibe« haben den Schriftsteller und Skipionier Hoek etwas ins Zwielicht gerückt, für den Wintersport hat er jedoch große Verdienste erworben. Er hat große Alpengipfel wie das Finsteraarhorn oder das Wetterhorn erstmals mit Ski bestiegen und eine Fülle von Skiführern, Skigeschichten und Anleitungen fürs Skifahren publiziert.

Norweger waren es, die das Skilaufen in den 1890er Jahren in die Alpen brachten, großen Einfluss auf die rasche Verbreitung hatte das Buch von Fridtjof Nansen *Auf Schneeschuhen durch Grönland*. Es waren noch richtige »Bretter«, auf denen man damals in eleganten Telemarkbögen die Hänge hinunterkurvte, nachdem man sie hochgebuckelt hatte.

Einer der ersten Skialpinisten war der britische Arzt und Schriftsteller Arthur Conan Doyle, der 1893/94 in Davos von den Gebrüdern Tobias und Johann Branger mit norwegischen Skiern das Skifahren lernte und mit ihnen die historische Tour über die Maienfelder Furka von Davos nach Arosa unternahm. Sein von britischem Humor und Pioniergeist geprägter Bericht »Ein Alpenpass auf Skiern« ist eine Perle der frühen Skiliteratur. Fotos zeigen ihn in schicker weißer Windjacke und Hütchen mit über zwei Meter langen Ski mit hoch aufgebogenen Spitzen und einfacher Riemenbindung, gestützt auf einen einzigen langen Stock. Neben ihm eine sportliche Dame, ebenfalls auf Skiern, in weißer Windjacke und knöchellangem Rock. Skilaufen war Abenteuer und Romantik, noch kein Massenbetrieb auf gewalzten Kunstschneepisten, doch Skimode war offenbar bereits wichtig.

Skier waren in den Alpen noch unbekannt, als Johanna

Spyris Heidi-Romane Anfang der 1880er Jahre erschienen. Der Schlitten war jedoch schon längst ein alltägliches Transportmittel in den winterlichen Bergen, und so konnte der »Alm-Öhi« Heidis Wunsch erfüllen, die Großmutter im Tal zu besuchen. Seine Enkelin auf den Knien, in eine warme Decke gehüllt, flitzte er den steilen Berghang hinab. Die Autorin verschweigt allerdings, wie Heidi durch den tiefen Schnee wieder zur Alphütte zurückfand.

Die Kurorte in den Bergen merkten bald, dass sich nebst Luftkuren für Lungenkranke mit den Skiern neue Geschäftsfelder eröffneten. Als Ernest Hemingway in den Zwanzigerjahren von Paris aus zwei Winter in Schruns im österreichischen Montafon verbrachte, gab es jedoch noch keine Skilifte. Es galt also, wer abfahren wollte, musste erst aus eigener Kraft aufsteigen. 1925 war ein Lawinenwinter, man wusste damals noch wenig über Lawinen, es gab noch keine Lawinenforschung oder Hilfsmittel wie Suchgeräte. So schreibt Hemingway in »Winter in Schruns« von mehreren Lawinenunfällen mit Todesopfern. Trotz aller Mühen und Gefahren, oder gerade deswegen, wurde die Abfahrt über Gletscher zum Genuss: »Es war schöner als jedes Fliegen oder sonst irgendetwas, und wir entwickelten die Fähigkeit, es zu tun und zu genießen durch die langen Aufstiege mit den schweren Rucksäcken, die wir trugen.«

Skiliteratur ist auch immer Skigeschichte. Aus der Frühzeit des Wintertourismus, den ersten Skilehrern und ihren Gästen erzählt die passionierte Skifahrerin und Schriftstellerin Annemarie Schwarzenbach im Roman *Flucht nach oben*, beeinflusst auch von der Zeitgeschichte, dem aufkommenden Nationalsozialismus. In der gleichen Zeit und ebenfalls in einem Kurort in den Alpen spielt Erich Kästners vergnügliche Verwechslungskomödie *Drei Männer im Schnee.* Von den Nazis verboten, erschien das Buch 1934 in der Schweiz.

Skigeschichte schrieb Annemarie Schwarzenbachs Freundin, die Genferin Ella Maillart, als sie 1932 allein und mit improvisierter Ausrüstung den 5100 Meter hohen Sari Tor in der Akschiirak-Gruppe des Tien Schan in Kirgistan bestieg, einem kalten und auch heute noch einsamen Gebirge. Vor ihr hatten zwei russische Paare ohne Skier durch tiefen Schnee stapfend den Gipfel erreicht, unter der Führung des Arztes August Andreevich Letavet, einem der hervorragendsten russischen Alpinisten und »Meister des Sports«.

Ella schaffte die Tour in der halben Zeit, die Abfahrt in einer Dreiviertelstunde, obwohl sie oft stürzte wegen der losen Bindung. Schon als Kind hatte sie mit ihren Eltern Skitouren unternommen, war Skirennfahrerin im nationalen Team und auch sonst überaus sportlich und mutig. »Ich glaube, der Skisport hat mich zum ewigen Wanderer gemacht. Sobald der Winter kam, erfüllten mich Vorstellungen von durch den Neuschnee zischenden Skis mit so fieberhaftem Verlangen, dass ich überall [...] alles unterbrach, was ich gerade tat, oder das Grübeln über das, was ich nicht tat, einstellte und in die Berge fuhr.«

Dagegen nimmt sich Max Frischs Tour auf den Fronalpstock am Stoos in den Bergen von Schwyz recht harmlos aus. In jenem Dezember 1933 hatte die neue Standseilbahn aus dem Muotathal auf den Stoos eben den Betrieb aufgenommen. Die restlichen 700 Höhenmeter mussten Frisch und seine Partnerin noch mit Seehundfellen unter den Brettern aufsteigen – ein Erlebnis »so unvorstellbar schön, dass unsere Erinnerung jedes Mal überboten wird von dieser wiedergesehenen Wirklichkeit«. Das wäre heute wohl nicht mehr so erlebbar, denn der Fronalpstock ist bequem mit Sesselbahnen erreichbar, die Abfahrtpisten sind präpariert – darüber schreibt niemand mehr Geschichten.

Wintersport ist Megatrend geworden, Hauptgeschäft der Tourismusindustrie in den Alpen. Dazu gehört auch Winterwandern. Rund um die Ferienorte sind die Wege gepfadet und ausgeschildert, die Sportausrüster bieten eine breite Palette von Produkten an: Schneeschuhe, Langlaufski, Ski-, Wander- und Walkingstöcke, funktionelle Bekleidung, Schuhe für jeden Zweck, Sonnenschutz und Lawinenortungsgerät. Die Tourismusorganisationen legen Wege für Schneeschuhwanderungen an, auf denen man bequem auch in guten Schuhen laufen kann, Spezialmaschinen bahnen die Loipe fürs Skiwandern und den Langlauf, Bergführer spuren den Steilhang zum Gipfel. Schön und gut.

Doch wovon uns träumt, ist nicht die Masse, sondern die Stille, die herbe und einsame Natur der winterlichen Ebenen, Wälder und Berge. Die Grenzerfahrung gar, wie sie die Erzählerin in Marlen Haushofers Roman *Die Wand* erlebt. Aufgewachsen als Tochter eines Försters am Fuß des Sengsengebirges in Oberösterreich, liebte sie die Natur, die Tiere, die Pflanzen über alles. Der Roman dreht sich um den Überlebenskampf einer Frau in einer Forsthütte, allein und durch eine unsichtbare Wand abgetrennt von der übrigen Welt, eine »weibliche Robinsonade«, schreibt ein Kritiker. Jedes Detail fußt auf eigenen Erfahrungen der Autorin, denn, wie sie einmal äußerte: »Ich kann nur beschreiben, was ich kenne.«

Auch heute gibt es sie noch, die einsamen Winterwanderwege und die Autorinnen und Autoren, die sie gehen und uns mitgehen lassen, uns erzählen, was sie erlebt haben und wie, was sie kennen und was sie empfinden. Etwa der junge

Schweizer Schriftsteller Peter Weber, wenn er die steile Skitour auf den Brisi unternimmt, seine »höchste Kindheitslinie«. Es ist einer der sieben Churfirstengipfel im Grenzkamm zwischen dem Toggenburg, wo er aufgewachsen ist, und Walensee.

Der Londoner Journalist Charlie English, Sohn eines passionierten Skifahrers, war seit seiner Kindheit vom Schnee fasziniert. Nichts weniger als »den Schnee der Welt« will er erkunden in einer ausgedehnten Recherche, die ihn unter anderem in die schottischen Cairngorms, zu den Inuit auf Baffin Island und in die Alpen führt. Den Versuch, die Haute Route von Chamonix nach Zermatt mit Snowboard und Schneeschuhen zu erwandern, muss er allerdings abbrechen und mit dem Daubenhorn im Wildstrubelgebiet vorliebnehmen.

In der gleichen Gegend ist der Schriftsteller Franz Hohler unterwegs. Als er im Februar zu Fuß über den Gemmipass von Kandersteg nach Leukerbad wandert, wünscht ihm eine Frau: »Une belle balade!«

Welch schönes französisches Wort! Es macht die Winterwanderung zur Ballade, zum Gedicht, zum fröhlichen Tanz.

*Emil Zopfi*

## *Autorinnen und Autoren*

Mit * gekennzeichnete Titel wurden für diese Anthologie vom Verlag neu gesetzt.

ARTHUR CONAN DOYLE (1859–1930), geboren in Edinburgh, Arzt und Autor der Romane um den Meisterdetekiv Sherlock Holmes, weilte oft als Gast in der Schweiz. Während eines Kuraufenthalts seiner Frau verbrachte er 1893/94 zwei Jahre in Davos. Beeindruckt von Fridtjof Nansens Durchquerung Grönlands auf Skiern, engagierte er die Davoser Skipioniere Tobias und Johann Branger als Skilehrer. Mit ihnen überquerte er im Winter 1894 die 2440 Meter hohe Maienfelder Furka nach Arosa. Seine Beschreibung des Abenteuers in der englischen Zeitschrift *The Strand Magazine* trug viel dazu bei, dass Skifahren und Winterferien in der Schweiz in der britischen Oberschicht populär wurden. Das Ereignis wurde hundert Jahre später vom ORF in einem Fernsehfilm nachgestellt. »Ein Alpenpass auf Skiern«. Übersetzung Ueli Haldimann. Aus: Ueli Haldimann, *Arosa.* AS Verlag, Zürich 2001. © Ueli Haldimann.

CHARLIE ENGLISH (*1967) ist Redakteur der britischen Tageszeitung *The Guardian.* Er lebt mit seiner Frau und seinen drei Söhnen in London. In *Das Buch vom Schnee,* seinem ersten Buch, geht er der Frage nach, wie die Menschen in verschiedenen Regionen der Welt mit Schnee leben, wozu sie ihn nutzen, welche Bedeutung er für sie hat. Auf seiner Reise begegnet er Abenteurern und Einsiedlern, baut Iglus, folgt den Spuren von Romantikern in den Alpen und erzählt die Geschichte

der Schneeforschung. Mit einem ruppigen Bergführer unterwegs in den Alpen, ausgerüstet mit Snowboard, Schneeschuhen und Steigeisen, stößt er im »Spiel mit der Schwerkraft« an seine Grenzen.
»Das Spiel mit der Schwerkraft«, aus: Charlie English, *Das Buch vom Schnee.* Aus dem Englischen von Heike Steffen. ©2008 by Charlie English. ©2009 by Rogner & Bernhard Verlags GmbH & Co. Verlags KG Berlin.

Max Frisch (1911–1991), Architekt im Erstberuf, war einer der bekanntesten Schweizer Dramatiker und Romanautoren. Er schaltete sich auch immer wieder in die politische Debatte ein als hoch angesehene moralische Instanz. Als junger Mann war er ein passionierter Bergsteiger und Skifahrer, was sich in mehreren seiner Werke niedergeschlagen hat, etwa in den Romanen *Mein Name sei Gantenbein, Montauk* und *Der Mensch erscheint im Holozän.* Von seinem Bergsteigerroman *Antwort aus der Stille,* 1937 erschienen und gefärbt vom Zeitgeist der Dreißigerjahre, distanzierte sich Frisch später. In jenen Jahren publizierte er auch immer wieder Reportagen und Essays in der Neuen Zürcher Zeitung, darunter mehrere über Berg- und Skitouren.
»Schneefreude!«, aus: Max Frisch, *Journalistische Arbeiten 1931–1939,* in: *Prinzenstraße* 11/2001, Niedersächsisches Staatstheater Hannover. Ersterscheinung: Neue Zürcher Zeitung, 15. Dezember 1933. © Max Frisch-Archiv, Zürich.

Marlen Haushofer (1920–1970) war eine österreichische Schriftstellerin, Tochter eines Försters im oberösterreichischen Molln am Fuß des Sengsengebirges. Sie studierte Germanistik, war verheiratet und Mutter von zwei Knaben.

Der 1963 veröffentlichte Roman *Die Wand* ist ihr wichtigstes Werk: Eine Frau wird in einer Jagdhütte durch eine plötzlich entstandene unsichtbare Wand isoliert und muss fortan ihr Leben allein mit einem Hund, einer Katze und einer Kuh bestreiten, während jenseits der Wand alles Leben abstirbt – eine weibliche Robinsonade, der Überlebenskampf einer Frau aus der Stadt in der Natur.
»Das Reh«*, aus: Marlen Haushofer, *Die Wand.* ©1968 Claassen Verlag in der Ullstein Buchverlage GmbH, Berlin.

Ernest Hemingway (1899–1961), Sohn einer Arztfamilie aus Oak Park, Illinois, Reporter, verwundet im Ersten Weltkrieg, lebte in den Zwanzigerjahren einige Zeit in Paris. Später freischaffender Schriftsteller und Korrespondent, u.a. im Spanischen Bürgerkrieg und im Zweiten Weltkrieg. 1954 erhielt er für seine Novelle *Der alte Mann und das Meer* den Nobelpreis für Literatur. Das Buch *Paris – ein Fest fürs Leben,* 1960 vollendet, behandelt seine Pariser Jahre 1921 bis 1926. Die Winter 1925 und 1926 verbrachte der passionierte Skitourenfahrer mit seiner ersten Frau Hadley Richardson und dem Sohn John, genannt Bumby, in Schruns im österreichischen Montafon im Hotel »Taube«, wo es noch heute ein Hemingway-Zimmer zu besichtigen gibt.
»Winter in Schruns«, aus: Ernest Hemingway, *Paris, ein Fest fürs Leben. A Moveable Feast. Die Urfassung.* Deutsche Übersetzung von Werner Schmitz. ©2011 by Rowohlt Verlag, Reinbek bei Hamburg.

Hermann Hesse (1877–1962), für sein literarisches Werk 1946 mit dem Nobelpreis ausgezeichnet, war ein großer Naturfreund, ausdauernder Wanderer und leidenschaftlicher Skifah-

rer. Wandernd konnte er Schaffenskrisen überwinden, mehrmals überquerte er zu Fuß die Alpen und ließ sich schließlich im Tessin nieder. In einem Teil seines umfangreichen Werks kommt seine hautnahe, körperhafte und erotische Beziehung zur Bergwelt, zu Fels und Schnee zum Ausdruck.
»Winterglanz«, aus: Hermann Hesse, *Die Kunst des Müßiggangs. Kurze Prosa aus dem Nachlass,* hrsg. und mit einem Nachwort von Volker Michels. ©Suhrkamp Verlag, Frankfurt am Main 2003.

Henry Hoek (1878–1951), in Davos geboren, Sohn eines holländischen Bankiers und einer Irin, studierte Geologie in Freiburg im Breisgau und wurde deutscher Staatsbürger. Nach Militärdienst im Ersten Weltkrieg lebte er in Davos. Als Pionier des alpinen Skilaufs gelangen ihm erste Skibesteigungen, u. a. des Finsteraarhorns und des Wetterhorns; er gewann aber auch Meisterschaften im Langlauf. Hoek war einer der einflussreichsten Alpinschriftsteller seiner Zeit, veröffentlichte Lehrbücher fürs Skilaufen, Skiführer, Essays, Kurzgeschichten, Erlebnisberichte und Presseartikel. Sein romantisches Verhältnis zum Bergsteigen und Wandern, das er als erotischen Akt begriff, ist umstritten. Seine Sammlung *Wege und Weggenossen* widmete er »jenen Frauen, die ich begehrt und die mich nicht geliebt haben. Alles Streben in die Ferne, alles Wandern in die Fremde ist unerlöste Sehnsucht nach dem Weibe. Hätte ich mehr geliebt, so wäre ich weniger gewandert«.
»Wintermärchen«, aus: Henry Hoek, *Wege und Weggenossen.* ©Bergverlag Rudolf Rother, München 1952.

Franz Hohler (*1943), populärer Schweizer Kabarettist und Schriftsteller, der oft und gerne wandert, klassische Hochtou-

ren in den Alpen unternimmt oder auf Schneeschuhen auf einsamen Pfaden unterwegs ist. In seinem literarischen Werk sind Natur und Bergwelt ein wichtiges Thema, sei es historisch in *Die Steinflut* über den Bergsturz von Elm 1881, fantastisch in *Der Neue Berg* über das Aufbrechen eines Vulkans bei Zürich oder in atmosphärisch dichten Schilderungen eigener Wanderungen und Bergtouren, etwa in *52 Wanderungen.*
»Die Gemmi«, aus: Franz Hohler, *52 Wanderungen.* Luchterhand Literaturverlag, München 2005. ©Franz Hohler.

Erich Kästner (1899–1974), deutscher Schriftsteller, Publizist und Drehbuchautor, bekannt auch wegen seiner humoristischen und zeitkritischen Gedichte und Kinderbücher, u. a. *Emil und die Detektive.* Seine Bücher wurden von den Nazis verbrannt und verboten, trotzdem blieb er während der Nazizeit in Berlin. Nach dem Zweiten Weltkrieg lebte er in München. Kästner brachte den Stoff von *Drei Männer im Schnee* 1934 unter dem Pseudonym Robert Neuner als Komödie in vier Akten unter dem Titel *Das lebenslängliche Kind* heraus. Die Uraufführung am Schauspielhaus Bremen war ein großer Erfolg. Den Roman *Drei Männer im Schnee* konnte er 1934 in der Schweiz veröffentlichen. Die Verwechslungskomödie um den Fabrikanten Tobler im Grandhotel zu Bruckbeuren in den Alpen wurde mehrfach verfilmt und in Hörspielfassungen gesendet.
»Drei Männer im Schnee«, aus: Erich Kästner, *Drei Männer im Schnee.* ©Atrium Verlag, Zürich 1987.

Brigitte Kronauer (*1940), deutsche Schriftstellerin, hat mehrere Romane, zahlreiche Erzählungen und Essays zur Literatur verfasst. Ausgezeichnet mit mehreren Preisen, u. a.

Fontane-Preis der Stadt Berlin, Heinrich-Böll-Preis, Hubert-Fichte-Preis der Stadt Hamburg. Nach Studium von Germanistik und Pädagogik war sie einige Jahre Lehrerin; seit 1974 lebt sie in Hamburg. Der Roman *Teufelsbrück* spielt teilweise in Arosa, wo sie seit 1993 regelmäßig Ferien macht. Die Erzählerin Maria reist nach einer Affäre mit dem Finanzjongleur Leo in die Berge, um »die Wahrheit hinter den Ereignissen« zu erkennen.
»Schnee«*, aus: Brigitte Kronauer, *Teufelsbrück*. Roman.


Ella Maillart (1903–1997), Reiseschriftstellerin, Fotografin und Ethnologin aus Genf, war passionierte Seglerin, Skitouristin und als Skirennfahrerin Mitglied des Schweizer Damenteams. Oft allein und mit wenig Geld durchquerte sie u. a. den Kaukasus; mit dem *Times*-Journalisten Peter Fleming reiste sie von Peking auf Pferden, Kamelen und zu Fuß durch Wüsten und über die Gebirgspässe des Pamir und des Karakorum bis nach Indien. Mit Annemarie Schwarzenbach fuhr sie 1939 im Auto aus der Schweiz nach Afghanistan, lebte einige Jahre in Indien und später in Chandolin im Wallis, wo es heute ein kleines Museum zu ihren Ehren gibt. 1932 bereiste sie Kirgistan, und dabei gelang ihr im Alleingang die erste Skibesteigung des Sari Tor, eines Fünftausenders in der Akschiirak-Gruppe des Tien Schan. Bis zum Ausgangspunkt begleiteten sie zwei russische Paare, geführt vom berühmten Bergsteiger und Arzt August Andreevich Letavet.
»Sari Tor«*, aus: Ella Maillart, *Leben ohne Rast.* Eberhard Brockhaus Verlag, Wiesbaden 1952. 

Thomas Mann (1875–1955), einer der größten Erzähler deutscher Sprache, Literaturnobelpreisträger 1929 für den Roman *Buddenbrooks.* In Lübeck aufgewachsen, lebte Mann mit seiner Frau Katja und den sechs Kindern in München. Der 1924 erschienene Roman *Der Zauberberg* ist inspiriert von Manns Besuchen in Davos, wo seine Frau 1912 wegen Verdachts auf Tuberkulose einen längeren Kuraufenthalt in einem Sanatorium verbrachte. Die Familie emigrierte während der Zeit des Faschismus in die Schweiz, später in die USA, wo Mann eine Professur an der Universität Princeton annahm. In der Nachkriegszeit ließen sich die Manns in Kilchberg am Zürichsee nieder.



Kathrin Passig (*1977), aus Niederbayern stammend, lebt in Berlin als Schriftstellerin, Journalistin und Übersetzerin. Sie hat sich einen Namen gemacht als witzige und pointierte Kolumnistin u. a. der *Berliner Zeitung* und der *tageszeitung taz,* arbeitet am Blog *riesenmaschine.de* und an der *Zentralen Intelligenz Agentur* mit, einem Netzwerk von kreativen Freiberuflern »an der Schnittstelle von Journalismus, Wirtschaft, Wissenschaft und Kunst«. Mit der Erzählung »Sie befinden sich hier« gewann sie den renommierten Ingeborg-Bachmann-Preis 2006 und schaffte damit ein fulminantes literarisches Debüt. In einem inneren Monolog erzählt sie von den letzten Stunden eines verirrten Menschen, der in einer Winternacht dem Erfrierungstod nahe ist. Der Text sei in »atemberaubender Weise todkomisch«, fand ein Mitglied der Jury, »bis in die letzten Dinge hinein realistisch, präzise und parabelhaft«.

Kathrin Passig: »Sie befinden sich hier«, aus: *Die Besten 2006. Klagenfurter Texte,* hrsg. von Iris Radisch. Piper Verlag, München 2006. ©Kathrin Passig.

CHARLES FERDINAND RAMUZ (1878–1947), geboren in Lausanne, gilt als bedeutendster Vertreter der Schweizer Literatur in französischer Sprache. Nach einem zehnjährigen Aufenthalt in Paris lebte er ab 1914 mit seiner Frau und der gemeinsamen Tochter wieder in Lausanne. Einige seiner Romane wurden verfilmt, etwa *Farinet oder das falsche Geld* oder *Bergsturz auf Derborence;* Igor Strawinsky vertonte sein Werk *Histoire du Soldat.* Ramuz' Geschichten spielen oft in seiner engsten Heimat. »Doch Ramuz ist alles andere als ein Dichter der beschaulichen Heimatidylle; sein beharrliches Bohren und Schürfen in der rauen Einöde der Walliser und Waadtländer Gebirgslandschaft fördert nichts Geringeres als die Grundlagen der ›condition humaine‹ zutage«, schreibt sein Übersetzer Peter Sidler.
»Im Nebel verloren«, aus: Charles Ferdinand Ramuz, *Pastorale. Erzählungen.* Aus dem Französischen von Peter Sidler. ©Limmat Verlag, Zürich 1994.

ANNEMARIE SCHWARZENBACH (1908–1942), Schweizer Schriftstellerin, in Horgen aufgewachsen als Tochter einer reichen Industriellenfamilie, Enkelin von General Wille. Freundschaft mit der Familie von Thomas Mann, vor allem mit seinen Kindern Erika und Klaus. Während der Studienzeit begann sie mit Schreiben. Ihre historische Dissertation führte sie ins Oberengadin, 1933 mietete sie in Sils Baselgia ein Haus, das sie später kaufte. Als engagierte Journalistin und Fotografin unternahm sie Reisen durch die Sowjetunion, den

Nahen Osten, Iran, Afghanistan, die USA und Afrika. Auf einer Skitour im Engadiner Fextal mit Ella Maillart entstand die Idee der gemeinsamen Autoreise 1939 nach Afghanistan, die Annemarie von der Drogensucht heilen sollte – was jedoch misslang. Der Skiroman *Flucht nach oben,* 1933 abgeschlossen und erst 1999 postum veröffentlicht, handelt in Innsbruck und in einem fiktiven Ort Alptal, der an Lech am Arlberg erinnert.
»Flucht nach oben«, aus: Annemarie Schwarzenbach, *Flucht nach oben.* Roman, hrsg. von Roger Perret. ©Lenos Verlag, Basel 2005.

Johanna Spyri (1827–1901), die bekannte Schweizer Jugendbuchautorin, ist die Schöpferin des »Heidi«, einer der populärsten Jugendbuchfiguren der Welt. 1880 erschien der erste Band *Heidis Lehr- und Wanderjahre,* »eine Geschichte für Kinder und für solche, welche Kinder lieb haben«; im Jahr darauf folgte *Heidi kann brauchen, was es gelernt hat.* Die Heidi-Romane wurden in fünfzig Sprachen übersetzt und erlaubten der zeitweise depressiven Autorin ein komfortables Leben in Zürich. Die Geschichte um das Waisenkind Heidi, das auf einer Alp bei Maienfeld im Kanton Graubünden lebt, beim bärbeißigen »Alm-Öhi« und in Gesellschaft des Geißenpeter, vermittelt ein romantisch verklärtes Bild des Lebens in den Bergen, das Johanna Spyri vor allem als Kurgast im nahen Bad Ragaz kannte. Die Gegend um das Sarganser Rheintal vermarktet die weltweite Popularität der Heidifigur heute touristisch als »Heidiland«, mit »Heididörfli«, »Heidi Musical« und anderen »Heidi-Attraktionen«. Die Geschichte war Vorlage für eine große Zahl von Spiel- und Trickfilmen, Fernsehserien, Comics und japanische Mangas.

»Heidi bei der Großmutter«, aus: Johanna Spyri, *Heidis Lehr- und Wanderjahre.* Friedrich Andreas Perthes, Gotha 1880.

Robert Walser (1878–1956), in Biel in der Schweiz geboren, lebte als junger Dichter und Büroangestellter in Zürich und in anderen Städten seiner Heimat, dann als freier Schriftsteller in Berlin, wiederum in Biel und schließlich in Bern. Walser war ein Naturfreund und ausdauernder Spaziergänger, was in vielen Texten, etwa der berühmten Erzählung *Der Spaziergang*, zum Ausdruck kam. Nebst Romanen wie *Der Gehülfe* oder *Geschwister Tanner* publizierte er eine große Zahl von kleinen Prosastücken in Zeitungen und Zeitschriften – sein eigentliches Markenzeichen. Ab 1919 lebte er zurückgezogen in psychiatrischen Kliniken, zuerst in der Waldau bei Bern, ab 1933 bis zu seinem Tod in Herisau, Appenzell Außerrhoden. Während dieser Zeit schrieb er Texte in winzigster Schrift, sogenannte Mikrogramme, die erst in jüngster Zeit entziffert und publiziert wurden. An Weihnachten 1956 starb er auf einer Wanderung an einem Herzschlag, man fand ihn tot in einem Schneefeld liegen.
»Schneien«, aus: Robert Walser, *Sämtliche Werke in Einzelausgaben,* hrsg. von Jochen Greven. *Band 5: Der Spaziergang.* 

Peter Weber (*1968), aufgewachsen in Wattwil im Toggenburg, ist Schweizer Schriftsteller und Musiker. Bekannt wurde er mit seinem Erstlingsroman *Der Wettermacher,* der im Toggenburg und in Zürich spielt. Weber wurde mehrfach ausgezeichnet, u. a. mit dem Alemannischen Literaturpreis für seinen 2008 erschienenen Roman *Die melodielosen Jahre.* Eine musikalische Sprache, Leichtigkeit und Poesie und originelle Wortschöpfungen machen Weber zu einem der eigenwilligsten jungen Autoren der Schweiz. *Der geraubte Horizont,* die Erzählung einer Skitour auf den Brisi, einen der sieben Churfirstengipfel im Toggenburg, zeigt ihn als sensiblen Naturbeobachter und ausdauernden Skitouristen.



Der Verlag dankt den Autorinnen und Autoren dieses Bandes, bzw. deren Vertretern, für die Überlassung der Abdruckrechte. Trotz intensiver Bemühungen konnten in einzelnen Fällen die Rechteinhaber nicht ermittelt werden. Sie werden gebeten, sich mit dem Verlag in Verbindung zu setzen.

## *Der Herausgeber*

Emil Zopfi, geboren 1943 im Kanton Zürich, studierte Elektrotechnik und arbeitete als Entwicklungsingenieur und Computerfachmann. Der Autor von Romanen, Bergkrimis, Hörspielen und Kinderbüchern lebt als freischaffender Schriftsteller in Zürich und ist geübter Bergsteiger und Sportkletterer. In *Dichter am Berg,* zwanzig Essays über wandernde und bergsteigende Autorinnen und Autoren, entwirft er ein Panorama der Schweizer Alpinliteratur des 20. Jahrhunderts. Für den Unionsverlag hat er den Band *Über alle Berge* herausgegeben, in dem Autorinnen und Autoren vom sommerlichen Wanderglück erzählen.

## *Lesen und Schenken*

EMIL ZOPFI (HG.)

***Über alle Berge – Geschichten vom Wandern***

Wer kennt sie nicht, die seelenreinigende Wirkung des Wanderns in der Höhenluft? Hier erzählen Autorinnen und Autoren vom Überqueren der Alpen, vom Aufstieg auf kleine und große Gipfel, von funkelnder Sonne und wogendem Nebel – und von den inneren Regungen, die jeder verspürt, wenn er sich über das Tiefland erhebt. *Max Frisch* überquert die Alpen, *Goethe* stapft über die verschneite Furka, *Franz Hohler* läuft sich Blasen und vieles mehr …

RUDYARD KIPLING

***Genau-so-Geschichten oder***
***Wie das Kamel seinen Höcker kriegte***

»… da sah das Kamel, wie sein Rücken, auf den es so stolz war, sich auf und immer aufer blies bis zu einem großen wabbelnden Höck.« Genau so kam das Kamel zu seinem Höcker. Und wie der Elefant seinen Rüssel kriegte, das Nashorn seine faltige Haut oder der Leopard zu seinen Flecken kam – all das und noch viel mehr erfahren wir in Rudyard Kiplings witzigen Vor- und Selbstlese-Geschichten, die zur Pflichtlektüre auf jeden kleinen und großen Nachttisch gehören.

## *Lesen und Schenken*

BRIGITTE HEINRICH (HG.)

***Der große Fang – Geschichten von Fisch und Mensch***

Ob wir nun mit hochgekrempelten Hosenbeinen am Dorfteich stehen, mit der Profiangelausstattung im Weltenmeer stochern oder mit der umgebundenen Serviette erwartungsvoll vor der Suppenschüssel sitzen – das Verhältnis zwischen Fisch und Mensch ist ein ganz besonderes. Bereit liegt hier ein praller Kescher voller unterhaltsamer, kurioser und lehrreicher Geschichten aus aller Welt für alle Sympathisanten des schillernden Wasserwesens.

JURI RYTCHËU

***Die Frau am See – Ein Liebesmärchen aus der Tundra***

Gatle und Lollo erkennen schon als Jungs, welches der bedeutendste Teil ihres Körpers ist – und brennen darauf, ihn einzusetzen. Bald ist kein weibliches Wesen der Tundra vor ihnen sicher. Da erteilt ihnen der Schamane Tschenko eine Lehre: Er macht sie zu winzigen Männlein. Eines Tages begegnen sie am See einem riesenhaften Wesen. Im Gras liegt die verführerischste Frau des Polarsommers. Was tun? Die Lust erwacht – aber erst als die Liebe hinzukommt, wird das Glück möglich.

Mehr über alle Bücher und Autoren auf

*www.unionsverlag.com*

## *Lesen und Schenken*

### Mauricio Botero
### *Don Ottos Klassikkabinett*

Don Otto betreibt einen kleinen Musikladen in Bogotá. Ob Punker, Partygirl, Politiker, ins Zivilleben zurückgekehrter Guerillero, ja selbst erklärter Musikhasser: Für jeden legt Don Otto die richtige Musik auf, serviert dazu eine Tasse duftenden kolumbianischen Kaffee und bringt dabei funkelnde Anekdoten und Erkenntnisse aus dem Leben und Werk der Komponisten an den Tag – von Bach, Beethoven bis Strauss oder Telemann.

### Wilhelm Elsschot
### *Maria in der Hafenkneipe*

Ein regennasser, kalter Wintertag – und Feierabend für Frans Laarmans. Er hat die besten Vorsätze und will schnurstracks nach Hause. Da kommen ihm drei afghanische Matrosen in die Quere. Sie halten ihm den Boden einer Zigarettenschachtel unter die Nase, worauf in Krakelschrift der Name »Maria« und eine Adresse stehen. Eine Dame von zweifelhaftem Ruf? Laarmans lässt alle Vorsätze fahren und geht mit den drei Fremdlingen auf die Suche.